जम्मू-कश्मीर

सच तो यही है

जम्मू-कश्मीर
सच तो यही है

(अनुच्छेद 35A–सत्य घटनाओं पर आधारित कहानियाँ)

डॉ. आशा नैथानी दायमा

प्रभात
पेपरबैक्स
www.prabhatbooks.com

प्रकाशक

प्रभात पेपरबैक्स

4/19 आसफ अली रोड, नई दिल्ली–110002

फोन : 23289777 • हेल्पलाइन नं. : 7827007777

इ–मेल : prabhatbooks@gmail.com ❖ वेब ठिकाना : www.prabhatbooks.com

संस्करण

प्रथम, 2019

आवरण सहयोग

सुश्री शिल्पा नाडकर्णी

परिशिष्ट फ़ोटो

श्री अभिषेक श्रीवास्तव

अ.मा.पु.स. 978-93-5322-839-2

———— ★ ————

Jammu-Kashmir SACH TO YAHI HAI
by Dr. Asha Naithani Dayama

Published by **PRABHAT PAPERBACKS**
4/19 Asaf Ali Road, New Delhi-110002

ISBN 978-93-5322-839-2

ये कहानियाँ

जीवनसाथी **श्री रमाकांत दायमा,**

इस पुस्तक की प्रेरणा **डॉ. प्रतिभा नैथानी**

तथा

आप सभी पाठकों को समर्पित

Shivkumar Sharma

प्रस्तावना

डॉक्टर आशा द्वारा लिखित पुस्तक 'जम्मू-कश्मीर सच तो यही है' ऐसी कहानियाँ बयान करती है, जो तथ्यों पर आधारित हैं। ये कहानियाँ उन लोगों के दुर्भाग्य को चित्रित करती हैं, जो विभाजन के दौरान देश के अन्य हिस्सों में न जाकर जम्मू-कश्मीर में बस गए। इन कहानियों में कहा गया सच भारत तो छोड़िए, जम्मू-कश्मीर के लोग भी नहीं जानते। इनकी व्यथा और इनकी दयनीय अवस्था ही आशाजी की कहानियों में चित्रित है।

धारा 35ए के कारण इनकी जो दुर्दशा हुई है, उसे आशाजी ने बड़े ही संवेदनशील शब्दों में चित्रित किया है। सत्तर वर्षों से अपने ही देश में शरणार्थी कहलाए जानेवाले लोग, पंजाब से जम्मू-कश्मीर लाए गए सफाई कर्मचारी और गोरखों की पीड़ा का उन्होंने जिस तरह वर्णन किया है, वह दिल को छू जाता है। मैं समझता हूँ कि आज सही वक़्त है कि लोग इन कहानियों को पढ़ें और सही हालातों को समझें। 35ए निकाले जाने से जम्मू-कश्मीर के इन लोगों के जीवन में अवश्य तब्दीली आएगी और इनकी दशा सुधरेगी।

मैं चाहता हूँ कि ईमानदारी से लिखी गई ये कहानियाँ लोगों तक पहुँचें। आशाजी को शुभकामनाएँ।

शिवकुमार शर्मा

(शिवकुमार शर्मा)

22 Rajiv Apartments, Zig Zag Road, Pali Hill, Bandra (W), Mumbai - 400 050. India
Tel. : 2648 6710, 2605 1447 • Fax : 91-22-2649 6707.
E-mail : shivsantoor@gmail.com
Website : www.santoor.com

कहानियों से पहले···

आसपास बहुत कुछ घटित होता रहता है, आकर्षित करता रहता है, उद्वेलित करता रहता है, फिर 'जम्मू-कश्मीर ही क्यों?' कई लोग मुझसे यह सवाल पूछ रहे हैं, मैंने भी अपने आप से यह सवाल किया, लेकिन जवाब में एक प्रश्न ही पाया, 'जम्मू-कश्मीर क्यों नहीं?' बचपन में जब से नक़्शे देखने-समझने शुरू किए हैं, सबसे पहले देश के नक़्शे पर जम्मू-कश्मीर वाला हिस्सा ही बनाना, समझना सीखा। हमेशा ऐसा लगा, मानो कोई सिर ऊँचा उठाए खड़ा है, अच्छा लगता था। फिर पता चला, बड़ी ख़ूबसूरत जगह है यह, फिर यह भी पता चला कि धरती पर कहीं स्वर्ग है तो यहीं है···यहीं है···यहीं है। फिर···फिर इतनी-इतनी बातें, शिकायतें, उलझनें, राष्ट्रीय-अंतरराष्ट्रीय स्तर पर बहसें, जम्मू-कश्मीर में ध्वंस-विध्वंस, मेरे भीतर कुछ बिखरने लगा। बरसों तक जम्मू-कश्मीर मेरे मानस में बार-बार सिर उठाता और फिर सुस्त हो कहीं किसी कोने में बैठ जाता।

कुछ वर्षों पहले मेरी छोटी बहन डॉ. प्रतिभा नैथानी से जम्मू-कश्मीर पर चर्चा छिड़ गई। इस बार कुछ और लोगों से भी परिचय हुआ। प्रतिभा ने पढ़ने के लिए कुछ किताबें सुझाईं, कामाख्यानारायण सिंह द्वारा बनाई गई अर्टिकल 35ए डॉक्यूमेंट्री फ़िल्म देखने का सुझाव दिया, कुछ सेमिनारों में भी ले गई। एक सामान्य जन की तरह जम्मू-कश्मीर पर मेरी उत्सुकता बढ़ती चली गई, अब जम्मू-कश्मीर मेरे भीतर इतनी उथल-पुथल मचाने लगा कि मैं प्रतिभा के साथ उस राज्य में आने-जाने लगी। वहाँ जो कुछ देखा-सुना, जाना-समझा, वह

किताबों और सेमिनारों में पढ़े गए परचों से अधिक उद्वेलित कर देनेवाला था। मुझे अपने आप पर शर्मिंदगी महसूस होने लगी। मैं अपने आप को पढ़ी-लिखी प्रबुद्ध महिला मानती रही हूँ, लेकिन जम्मू-कश्मीर ने इसे नकार दिया। लगने लगा, मैं अपने देश को, देशवासियों को, देश के इतिहास को, देश की राजनीति को बिल्कुल नहीं जानती। पहली बार जाना कि पिछले कुछ वर्षों से जो अनुच्छेद 370 मेरे लिए टी.वी. स्क्रीन और पत्र-पत्रिकाओं में बहस का मसला रहा है, वास्तव में बहुत भयानक है। अनुच्छेद 35ए तो अमानवीय है। इसके चलते स्वतंत्र भारत में अपने ही देशवासी, आज 70 सालों के बाद भी शरणार्थी ही हैं। चार पीढ़ियाँ स्वतंत्र भारत में जन्म लेती हैं और शरणार्थी बनकर जीती हैं, मरती हैं या कहूँ कि जीते-जी मरती रहती हैं तो अतिशयोक्ति नहीं होगी।

वास्तविकता यह है कि विभाजन के दौरान राजाओं को यह अधिकार दिया गया था कि वे भारत या पाकिस्तान, जहाँ जाना चाहें जा सकते हैं, बशर्ते उनकी भौगोलिक सीमाएँ उस देश से जुड़ी हुई हों। रियासतों के शासक यह निर्णय स्वतंत्र रूप से ले सकते थे, इसमें धर्म और रियासत की जनता के मत की कोई भूमिका नहीं थी। चूँकि राजाओं के अधिमिलन की कोई अंतिम तिथि तय नहीं की गई थी, इसलिए यह प्रक्रिया स्वतंत्रता-प्राप्ति के कुछ समय बाद तक चलती रही। 26 अक्तूबर, 1947 के दिन जम्मू-कश्मीर के महाराजा हरिसिंह ने अधिमिलन पत्र (इंस्ट्रुमेंट ऑफ़ एक्सेशन) पर हस्ताक्षर किए, जिसे 27 अक्तूबर, 1947 को गनर्वर जनरल माउंटबेटन ने हस्ताक्षर कर स्वीकृति दी। पाकिस्तान सितंबर 1947 से ही जम्मू-कश्मीर पर छोटे-मोटे हमले कर रहा था, परंतु 22 अक्तूबर, 1947 के दिन पाकिस्तानी सेना ने कबाइलियों के साथ मिलकर जम्मू-कश्मीर पर आक्रमण कर राज्य का बड़ा हिस्सा अपने क़ब्ज़े में ले लिया। एक ओर राज्य में युद्ध चल रहा था और राज्य के बड़े भूभाग पर पाकिस्तान ने अवैध क़ब्ज़ा कर लिया था, दूसरी ओर मामला यू.एन. में अटका हुआ था, ऐसी स्थिति में देश के अन्य राज्यों के समान इस नए राज्य में संविधान सभा बनाने के लिए चुनाव कराना संभव नहीं था, इसलिए जम्मू-कश्मीर में संविधान को पूर्णत: लागू करने के बजाय अनुच्छेद 370, एक टेंपरेरी या अस्थायी उपबंध भारतीय संविधान में जोड़ा गया। इस 'अस्थायी' उपबंध के अनुसार भारत के राष्ट्रपति

संविधान की धाराएँ आवश्यकतानुसार जम्मू-कश्मीर में वहाँ की सरकार की सहमति द्वारा लागू कर सकते थे। अनुच्छेद 370 के अनुसार जम्मू-कश्मीर संविधान सभा को अपना काम पूरा करने के बाद राष्ट्रपति को प्रस्ताव भेजकर अनुच्छेद 370 को समाप्त करना था, परंतु यहीं से अनुच्छेद 370 का दुरुपयोग शुरू हो गया। सितंबर 1951 असेंबली बनी भी, लेकिन धारा 370 नहीं हटी। यहाँ एक और बात स्पष्ट करना महत्त्वपूर्ण है कि अनुच्छेद 370 में कहीं भी जम्मू-कश्मीर को कोई भी 'विशेष दर्जा' नहीं दिया गया है। जम्मू-कश्मीर को 'विशेष दर्जा' दिए जाने का झूठ कब और कैसे प्रचलन में आया, यह तय करना कठिन है। कहना यह है कि अनुच्छेद 370 को 1949 में संविधान में जोड़ा गया, वर्ष 1954 में राष्ट्रपति के अध्यादेश के तहत संविधान में अनुच्छेद 35ए को जोड़ा गया, हैरानी की बात यह है कि इस अध्यादेश को संसद में नहीं भेजा गया और न ही अनुच्छेद 35ए पर संसद में कोई चर्चा हुई। संविधान में अनुच्छेद 35ए को अनुच्छेद 35 के बाद स्थान देने के बजाय संविधान के आख़िर में परिशिष्ट में लगाया गया है, परिणामस्वरूप संविधान के बड़े-से-बड़े विद्वान भी इस अनुच्छेद के बारे में नहीं जानते। अनुच्छेद 370 और 35ए को भारतीय संविधान से जस-का-तस पुस्तक के आख़िर में जोड़ रही हूँ, ताकि वास्तविकता को आप भी जान सकें।

35ए में जम्मू-कश्मीर के स्थायी निवासी को परिभाषित कर 'परमानेंट रेज़िडेंट सर्टिफिकेट'—पी.आर.सी. दिए जाने का प्रावधान है। इसके अनुसार पी.आर.सी. धारक राज्य में सभी अधिकार और सरकार द्वारा दी गई सभी सुविधाओं के हकदार हैं; जबकि जिनके पास पी.आर.सी. नहीं है, वे लोग दोयम दर्ज़े के नागरिकों की तरह जीने को मजबूर हैं।

जम्मू-कश्मीर राज्य में पहुँचकर पता चलता है कि हमारे देश का मीडिया कितना झूठ बोलता है, नेता हमें कितना बरगलाते हैं, स्कूल-कॉलेज में हमें कितना ग़लत इतिहास पढ़ाया जाता है, पिछले सात दशकों से हम अपने ही देशवासियों पर कितना अन्याय कर रहे हैं। मैं वहाँ 101 वर्षीय गुलाब्बो राम से मिली, 94 वर्षीया ज्ञानो देवी से मिली, 80 वर्षीया बीरो देवी, 86 वर्षीय करतार सिंह, 82 वर्षीया विद्या देवी, कितने-कितने नाम गिनाऊँ, प्रीतम सिंह, भोलाराम,

प्रीतो, जोगिंद्रो, सरदारीलाल, लब्बाराम, शक्ति, ओमप्रकाश, एकलव्य, राधिका, जसबीरलाल, तिलकराज, मनीष···फिर कुछ दिनों बाद लगने लगा, मैं इन्सानों से नहीं, देश के जीते-जागते इतिहास से मिल रही हूँ। चेहरे की झुर्रियाँ, पोपले मुँह, पुराने कंचों सी धुँधली पड़ी आँखें, हाथों की फूली हुई नसें, काँपती आवाज़ लेकिन बातें सटीक, दर्द पैना, आँसू सच्चे। मेरे भीतर का जम्मू-कश्मीर भरभराकर गिर गया। मेरे देश का माथा मुझे लहूलुहान दिखने लगा—क्यों हम अपने आप से, देशवासियों से, दुनियावालों से झूठ बोल रहे हैं? कब तक बोलते रहेंगे? मैं वहाँ चार पीढ़ियों से मिली, देश के जीवंत इतिहास से, वर्तमान से, सत्रह-अठारह वर्षीय किशोरों से, उन चार-पाँच साल के बच्चों से, जो मेरे देश का भविष्य हैं। सारा कुछ मुझे विचलित कर गया। मैंने आँसू बहाए, गुस्सा भी आया, कुछ न कर पाने की लाचारगी भी अनुभव की, फिर सोचा, इतना तो कर ही सकती हूँ कि इन लोगों की बातों को, इनके सच को आप तक पहुँचाऊँ।

मैंने राजनीति और राजनेताओं को थोड़ा दूर रखने का प्रयास किया है। (हालाँकि उसमें पूरी तरह से सफल नहीं हो पाई हूँ)। 35ए के शिकार लोगों की समस्याओं को मैंने वर्गीकृत करने का प्रयत्न किया है। कुछ कहानियाँ 1947 में विभाजन के दौरान आए शरणार्थियों की हैं। सोचिए, कितनी बड़ी विडंबना है कि देश के विभिन्न हिस्सों में पहुँचे शरणार्थी न केवल देश की मुख्यधारा से जुड़ जाते हैं, वरन् इंद्रकुमार गुजराल, लालकृष्ण आडवाणी तथा मनमोहन सिंह जैसे व्यक्ति देश की सुर्ख़ियाँ बनते हैं, परंतु जम्मू-कश्मीर पहुँचे शरणार्थी आज भी पीढ़ी-दर-पीढ़ी 'वेस्ट पाकिस्तानी' रिफ़्यूजी ही कहलाते हैं। आश्चर्य इस बात का होता है कि आज 'वेस्ट पाकिस्तान' शब्द का कहीं प्रयोग नहीं होता, परंतु हम आज भी इसका प्रयोग करते हैं, उन लोगों के लिए, जो पिछले सत्तर वर्षों से भारतीय नागरिक हैं। अनुच्छेद 35ए के बारे में लोगों का कहना है कि यह देश के अन्य राज्यों के ख़िलाफ़ है, जबकि सच्चाई यह है कि 35ए जम्मू-कश्मीर के लोगों का ही नुकसान कर रहा है। तथाकथित 'वेस्ट-पाकिस्तानी रिफ़्यूजी' अपने ही देश में कोई अधिकार नहीं पा रहे। जम्मू-कश्मीर की महिलाएँ चाहे वे हिंदू हों या मुसलमान, बौद्ध हों या सिख, सन् 2002 तक अगर जम्मू-कश्मीर के स्थायी निवासी के अलावा किसी और से विवाह करती थीं तो अपने सारे

अधिकार खो बैठती थीं। कानूनन स्थिति बदलनी चाहिए, परंतु आज भी वैसी ही है, उनके बच्चों को आज भी कोई अधिकार नहीं मिलते। बड़ी अजीब सी स्थिति है यहाँ। जम्मू-कश्मीर की सरकार ने 1957 में पंजाब के कुछ दलित परिवारों को 'सफ़ाईकर्मी' की हैसियत से जम्मू-कश्मीर बुलाया था। आज साठ सालों के बाद भी इन्हें जम्मू-कश्मीर का स्थायी निवासी नहीं माना जाता। इनकी पीढ़ियाँ केवल और केवल सफ़ाई कर्मचारी की ही नौकरी पाती हैं। गोरखा समाज दो सौ वर्षों से अधिक वर्षों से जम्मू-कश्मीर में रह रहा है, लेकिन 35ए के कारण आज गोरखा अपनी ही मातृभूमि जम्मू-कश्मीर का स्थायी निवासी नहीं है। मैं आपको कहानियों का काल्पनिक 'प्लॉट' नहीं, स्वतंत्र भारत के जम्मू-कश्मीर का सच बतला रही हूँ। पहली बार यह सब देख-सुनकर ठीक आपकी सी मन:स्थिति मेरी भी हुई थी। बस, इसलिए ये कहानियाँ···

—डॉ. आशा नैथानी दायमा

23/4/2019

मुंबई

पुनश्च : पिछले दो दिन टी.वी. सेट के आगे बैठकर गुज़ारे हैं। अनुच्छेद 35ए व 370 ख़त्म करना बहुत बड़ा साहसिक, ऐतिहासिक निर्णय है। साधुवाद।

आपके हाथों में यह पुस्तक पहुँचने तक जम्मू-कश्मीर की तस्वीर बदल चुकी है। मेरी कहानियों का सच अधिक मुखर हो गया है।

—डॉ. आशा नैथानी दायमा

7/8/2019

मुंबई

अनुक्रम

परिशिष्ट

यहाँ सभी बेपर्द हैं

जिला सियालकोट, गाँव पुलबज्जु। अधिकांशतः राजपूतों की बस्ती। यहीं सरदार केहर सिंह की हवेली है। ढेरों मवेशी, दूर-दूर तक फैले खेत, किसी राजा से कम नहीं केहर सिंह, ज़िंदादिल इन्सान, अपने-परायों की मदद के लिए हमेशा तत्पर। लोग प्यार और सम्मान से उन्हें 'राजाजी' भी बुलाते हैं। लंबा-ऊँचा कद, चौड़े कंधे, कसरती बदन, खुला रंग, क़रीने से पहने हुए कपड़े, गाँव के नौजवानों के आदर्श। हवेली में चंद्रशेखर आज़ाद की बड़ी सी तस्वीर लगी है और गांधी बाबा की भी। गाँव के परले सिरे पर दलितों की बस्ती है। दयाराम यहीं रहता है सपरिवार, केहर सिंह का बड़ा सम्मान करता है, क्योंकि केहर सिंह दलितों के साथ बड़े प्यार और सम्मान से रहते हैं। शाम ढले सभी का डेरा था केहर सिंह का आँगन। कभी-कभी केहर सिंह उन्हें गांधीबाबा की कहानी सुनाते, घुटनों तक की धोती पहने, नंगे बदन यह फ़कीर पूरे देश में घूम रहा है, आज़ादी का अलख जगाने। दयाराम को ज़्यादातर ये बातें समझ में नहीं आतीं, लेकिन फिर भी वह मन लगाकर सुनता। आजकल दयाराम का मन किसी काम में नहीं लगता, क्योंकि केहर सिंह का मन उचाट है।

देश की आज़ादी की कहानी सुनानेवाले केहर सिंह कहते, 'देश टूट रहा है।' बहुत कोशिश करने पर भी दयाराम समझ नहीं पाया कि देश का टूटना होता क्या है? 'ये कोई दीवार है, जो टूट जाएगी? कोई बाँध है या पेड़, जो टूट जाएगा?'

तभी दौड़ते हुए दो हलवाहे आए, चिल्ला रहे थे, "भागो यहाँ से, जत्थे

पहुँच रहे हैं। मुसलमान बना देंगे तुम्हें या सिर काट देंगे।"

केहर सिंह जानते थे, ऐसा ही कुछ होगा। सामना करने की मन-ही-मन योजनाएँ भी बना ली थीं, लेकिन ये सब मेरे गाँव में इतनी जल्दी हो जाएगा, बिल्कुल अंदाज़ा नहीं था।

असहाय से दिख रहे थे केहर सिंह, बोले, "तुम सब माफ़ कर देना मुझे, जल्दी जाओ, अपनी जान बचाओ, अपने बीवी-बच्चों की जान बचाओ। सरहद पार कर जाओ।"

उस समय दयाराम के बच्चे घर के बाहर दोस्तों के साथ आँख-मिचौली खेल रहे थे। दयाराम के छोटे बेटे जयप्रकाश की आँखों पर पट्टी बँधी थी। वह लपक-लपककर लड़कों को पकड़ने की कोशिश कर रहा था। चीख़ें सुनकर उसने आँखों की पट्टी उतारी तो अपने आप को आँगन के जामुन के पेड़ के पास निपट अकेला पाया। सारे गाँव में भागदड़ मच गई। स्त्री-पुरुष, बच्चे, बूढ़े बदहवास से दौड़ रहे हैं, चीख़-चिल्लाहट, कानों पड़ी आवाज़ सुनाई नहीं देती। घर-द्वार, खेत-खलिहान सबकुछ छोड़कर जाना है। कोई थैलों में कुछ भर रहा है, तो कोई बक्सों में। कैसे भर दें पूरी ज़िंदगी एक अदद थैले में? रसोईघर का सामान रखा जाए या पूजाघर का? रज़ाइयाँ ले लें या चादर?

और तभी लाशें गिरने लगीं। दयाराम का भरा-पूरा कुनबा था, चाचा-ताया का 22-24 लोगों का परिवार, आठ लाशें गिरी हुई हैं आँखों के आगे। 11 साल का जयप्रकाश हँसिया लेकर चीख़ता हुआ 'उनके' पीछे दौड़ पड़ा। अपनों के ख़ून के दरिया को लाँघ रहा है, मिट्टी में ख़ून से सने पैरों के निशान पड़ते जा रहे हैं। तभी पता नहीं कैसे, छोटे चाचा ने उसे गोद में उठाया और 'उनकी' नज़रों से बचा लिया।

अब किसी को होश नहीं, गाँव में रहना मौत को बुलाना है। यही अगस्त की पहली तारीख़ है, शाम के करीब पाँच बजे होंगे, चल पड़े हैं सब। जयप्रकाश के सिर पर किसी ने एक बस्ता रख दिया है, नहीं पता उसमें क्या है, चल रहा है अपने बड़े भाई-बहनों के साथ। दयाराम ने एक बार पीछे मुड़कर देखा, गहरी साँस ली, आँखों के आगे धुँधलका छा गया, हवेली दूर कहीं गर्द में खो-सी गई थी। करीब सत्तर-अस्सी लोगों का काफ़िला बढ़ रहा है आगे—विचारहीन,

दिशाहीन। पीछे एक हँसता-खेलता गाँव वीरान हो गया। घरों के खिड़की-दरवाज़े बाँहें फैलाए वहीं खड़े हैं, अपनों को पुकारते। अलगनी पर सूखता दुपट्टा ज़मीन पर गिरा हुआ है, पगड़ी धूल से सनी हुई है। रसोई में कहीं चाय उबल रही है, तो कहीं दूध का बरतन औंधा पड़ा है, बिल्ली उसे चाट रही है। संदूकचियों का सामान बिखरा हुआ है। पथराई हुई आँखें, कटे हुए सिर, बहता हुआ ख़ून, लाशें बहुत-कुछ कहना चाह रही हैं, लेकिन सुनने के लिए केवल साँय-साँय करती हवाएँ हैं, सूरज बादलों में मुँह छिपाने लगा। जीवन का एक रंगीन अध्याय स्याह हो गया।

छिपते-छिपाते एक मंदिर में शरण ली, रात वहीं कटी, भूखे-प्यासे सुबह फिर निकल पड़े, किसी के पैरों में जूते हैं, किसी के नहीं। न कपड़ों का ठिकाना है, न साथ लाए सामान का। जयप्रकाश की माँ दस किलो गुड़ एक कपड़े में बाँधे, सिर पर लिये घूम रही है, अपने खेतों के गन्ने का गुड़—हाय! ये कैसा मोह! दोनों तरफ़ देवदार के पेड़ चुपचाप खड़े हैं। कोई अचानक चिल्लाता है—जल्दी पुल पार करो, इसे तोड़ने वाले हैं। दौड़ पड़े सब उस पार पहुँचने को, पता चला, रात होते-होते मशनिया गाँव पहुँच गए हैं। सभी ने चैन की साँस ली, अब अपनों के बीच हैं, कोई डर नहीं। गाँववालों ने पानी पिलाया, खाना खिलाया, रात यों ही गुज़र गई। कई कुनबे थे, निकल पड़े सब, लेकिन कहाँ? अगली तीन रातें दीदें फाड़े आसमान के तारे गिनते गुज़री थीं। फिर कंपनी बाग के पेड़ों तले हफ़्ता गुज़ार दिया। अगस्त का महीना, गरजते बादल, बरसता पानी, भूखे पेट।

जयप्रकाश को अपना गाँव याद आ रहा है, रोज़ याद आता है, मवेशियों को चराने ले जाना, नदी में नहाना, बाँसुरी बजाना, मौज-मस्ती के दिन, शाम ढले घर लौट आना, रोटी खाकर सो जाना। यहाँ पूरी रात पेड़ के नीचे, बरसते पानी से बचने की कोशिश में कट रही है। दयाराम सुबह-सुबह तीनों बेटों के साथ मजदूरी की खोज में निकलता, कभी-कभी पूरा दिन रोटी के इंतज़ार में ही गुज़र जाता और रात कंपनी-बाग के नल का पानी पीकर। एक दिन पता चला, सरकार रिफ़्यूजियों के लिए कैंप लगा रही है, दफ़्तर में जाकर नाम लिखवाना है। सरकार रहने को टेंट देगी, खाने को राशन। निकल पड़े सभी दफ़्तर में नाम

लिखवाने। अब उस टेंट में ही ज़िंदगी सिमट गई है।

देश आज़ाद हो गया है—लोग ख़ुशी से झूम रहे हैं। देश का विभाजन हो गया है—लोग ग़म में डूबे हुए हैं। पूरे भारत देश की जनता लुटा-पिटा महसूस कर रही है। आज़ादी का जश्न मनाया जाए या विभाजन का मातम। उनसे तो किसी ने पूछा भी नहीं कि वे देश का विभाजन चाहते भी हैं या नहीं? 14 अगस्त, 1947, फिर 15 अगस्त, 1947 एक देश दो टुकड़ों में बँट गया। कुछ लोगों ने मेज़ पर रखे काग़ज़ के नक़्शे पर कुछ रेखाएँ खींच दीं और लीजिए जनाब, आप बँट गए भारत और पाकिस्तान में। लोग कट रहे हैं, मर रहे हैं, लूट-खसोट, हत्या-बलात्कार का ऐसा मंज़र दुनिया के इतिहास में कहीं नहीं दिखा था। 1857 में भारत ने पहला स्वतंत्रता संग्राम लड़ा था, नब्बे साल तक चला ये संघर्ष, सन् 1947 में आज़ादी मिली भी तो विभाजन के एक ऐसे नासूर के साथ, जो न जाने कब तक रिसता रहेगा।

जम्मू के कैंप में रहते साल भर से ज़्यादा गुज़र गया। रोज़ दयाराम तीनों बेटों के साथ मिलकर टोकरियाँ बनाता और फिर जम्मू शहर में जाकर बेचता, तन पर फटे कपड़े, माँ लोगों से माँग-माँगकर कपड़े लाती। जम्मू की कड़ाके की ठंड यों ही ठिठुरते-ठिठुरते गुज़र रही है। एक दिन तो 'स्यापा' ही हो गया। किसी का दिया स्वेटर पहन जयप्रकाश घूमने निकल पड़ा। अचानक बराबरी के कुछ लड़कों ने उसे घेर लिया। एक लड़का लगातार उस पर घूँसे बरसा रहा है और कह रहा है, "ये मेरा स्वेटर है, इसने चुराया है। इन रिफ़्यूजियों को तो हमें ही सीधा करना पड़ेगा।" जयप्रकाश से यह कहते नहीं बन रहा कि "ये स्वेटर मेरी माँ किसी से माँगकर लाई है, किसी ने उसे ख़ैरात में दिया है।" सभी लड़कों ने उसे पीटना शुरू कर दिया। जयप्रकाश ने वह स्वेटर वहीं उतार फेंका, उन लड़कों को घूँसे भी लगाए और मन-ही-मन अपमान का घूँट पीता हुआ कैंप लौट आया। आज उसे अपना गाँव बहुत-बहुत याद आया। वहाँ सभी जानते थे जयप्रकाश को, यहाँ तो वह रिफ़्यूजी है···अपने ही देश में रिफ़्यूजी?

अगले दिन उसने दयाराम से कहा, वह भी काम करना चाहता है। "लालाजी! मैंने भी काम करना है, पैसे कमाने हैं।" दयाराम मना न कर सका। न तन पर पूरे कपड़े, न पैरों में जूते, उछलता-कूदता जयप्रकाश चल पड़ा

लालाजी के साथ। एक नाला पार करने के लिए जयप्रकाश ने छलाँग लगाई और चीख़ा, दयाराम ने देखा, एक बड़ा काँटा जयप्रकाश के पैर के आर-पार चला गया है। दयाराम ने खींचकर निकालने की कोशिश की तो टूट गया काँटा, वह घबराया कि बच्चा दर्द से छटपटाएगा, लेकिन जयप्रकाश की आँखों में आँसू नहीं थे, पैर में चुभे इस काँटे से कहीं पैना एक काँटा कल शाम से दिल में चुभा हुआ था—'रिफ़्यूजी'।

किशोरावस्था तक पहुँचते-पहुँचते जयप्रकाश जम्मू-कश्मीर की राजनीति को समझने लगा है। 26 जनवरी, 1950 भारत गणतंत्र राष्ट्र बन गया है, लेकिन जयप्रकाश रिफ़्यूजी ही है, उसने जम्मू-कश्मीर की इस चुनौती को स्वीकार कर लिया है। वह मेहनतकश नौजवान है, आत्म-विश्वास से भरा हुआ, वह अपनी तक़दीर ख़ुद लिखेगा। फिर एक दिन कैंप में जम्मू-कश्मीर के प्रधानमंत्री शेख़ अब्दुल्ला आए, चमचमाती बड़ी गाड़ी में बैठकर, अपनी 'जनानी' के साथ, आगे-पीछे पुलिस, चारों तरफ़ लोगों की भीड़, कहने लगे, "आप सभी यहीं जम्मू में रहिए, मैं कोई कमी नहीं होने दूँगा। घर, ज़मीन, पैसा सबकुछ दूँगा।" लोग शेख़ अब्दुल्ला पर निहाल हो रहे हैं, हाथ जोड़े खड़े हैं। जयप्रकाश के भीतर नए उत्साह का संचार हो रहा है, अब सपने साकार होने को हैं, परंतु सप्ताह भर गुज़रते-न-गुज़रते सारे कैंपवालों से उनके राशन-कार्ड वापस ले लिये गए। हर परिवार को एक-एक बोरी आटा दिया गया। कैंप टूट गया। उन्हें बस में बिठाया गया और कहीं किसी अजनबी जगह पर उतार दिया गया।

अब? जो भाग्यवान हैं, उन्हें घर मिल गए, क्योंकि जिस तरह से हिंदू पाकिस्तान में अपना घर-बार छोड़कर भारत आ गए हैं, वैसे ही अनेक मुसलमान भारत में अपना बसा-बसाया घर-बार छोड़कर पाकिस्तान चले गए हैं। दयाराम को सपरिवार ठट्टर गाँव में 'फेंक' दिया गया। एक बोरी आटा और पूरा परिवार। घूमते भटकते वहीं गाँव में बसने का मन बनाया, समय बड़ा मुश्किल है। राजनीतिक परिदृश्य में यहाँ बरसों से कुछ भी ठीक नहीं चल रहा। जयप्रकाश ने ख़ुद देखा है, अख़बारों में पढ़ा है कि शेख़ अब्दुल्ला ने शरणार्थियों को आगे नहीं जाने दिया था, वहीं सीमा से लगे जम्मू-कश्मीर के गाँवों में बस जाने को कहा था और अब जिस भारत में वे बसे, शेख़ अब्दुल्ला उसी के

ख़िलाफ़ बोलने लगा। नेहरूजी ने जम्मू-कश्मीर जिस शेख़ अब्दुल्ला को सौंपा था, वही देश के ख़िलाफ़ काम करने लगा था। 1953 में शेख़ अब्दुल्ला को गिरफ़्तार कर लिया गया। शेख़ अब्दुल्ला देशद्रोह क्यों कर रहा था? सत्ता का नशा इतना भयावह होता है?

अब वक़्त आ गया है, मकान बना लिया जाए। बात 1956-57 की है। पता चला कि रिफ़्यूजियों के लिए तो यह असंभव है। जयप्रकाश बौखला गया, यह कहाँ का कानून है कि हम भारत देश के नागरिक तो हैं, परंतु जम्मू-कश्मीर हमें स्वीकार नहीं करता। जम्मू-कश्मीर का अपना संविधान है, ये ख़ुद तय करते हैं कि किसे यहाँ का निवासी माना जाए। केवल 1944 तक के जम्मू-कश्मीर के निवासियों को 'पी.आर.सी.' दी गई है। विभाजन के दौरान आए उस जैसे किसी भी व्यक्ति को 'पी.आर.सी.' नहीं मिलेगी। पंचायत और विधानसभा के चुनावों में मतदान करने का अधिकार नहीं मिलेगा, राज्य की कोई सरकारी नौकरी नहीं मिलेगी, व्यापार करने का अधिकार नहीं मिलेगा, बच्चों को प्रोफ़ेशनल कॉलेजों में पढ़ने का अधिकार नहीं मिलेगा, ज़मीन और खेत ख़रीदने का अधिकार नहीं मिलेगा।

सभी परेशान हैं, बहुत-बहुत परेशान। धूप और बरसात से बचने के लिए छत तो चाहिए ही, इसलिए गाँव के एक कोने में डरते-डरते एक छोटा सा मकान बनाना शुरू किया। दीवारें बनतीं, पुलिसवाले आकर तोड़ जाते। सपने भरभराकर ज़मीन पर बिखर जाते, फिर रुपए देना-दिलाना, फिर दीवारें खड़ी करना, इसी आँख-मिचौली के चलते एक दिन छोटा सा कच्चा मकान खड़ा हो ही गया। बरसों बाद अपने होने का अहसास हुआ। अपनी रसोई, अपनी बैठक, अपना बिछौना, कितना प्यारा-सा है यह अहसास! बरसों बाद जीवन में मानो उत्साह का सैलाब आ गया है।

गाँव में बैसाखी का मेला लगा है। चरखी है, उड़नखटोला है, मौत के कुएँ में घूमता मोटर साइकिल वाला नौजवान है। कहीं लोग भाँगड़ा पा रहे हैं तो कहीं गिद्दा, माँ की उँगली थामे किसी मिठाई या खिलौने के लिए मचलनेवाले बच्चे हैं, तो अपने पराँदों को हाथों में ले झुलानेवाली, बेवजह खिलखिलाती हुई नवयुवतियाँ हैं, नवयुवकों के जत्थे अपनी मस्ती में झूम रहे हैं। मेला क्या

है, धरती पर स्वर्ग उतर आया है गाँववालों के लिए। सभी ख़ुश हैं। जयप्रकाश अपनी मस्ती में बाँसुरी बजा रहा है। यार-दोस्तों की फ़रमाइशों का अंत नहीं है। बाँसुरी में गाना बजा रहा है—'आजा सनम मधुर चाँदनी में हम-तुम मिले तो विराने में भी आ जाएगी बहार।' एक नौजवान आगे आता है, जयप्रकाश के नज़दीक, बिल्कुल नज़दीक, "मेरी बहन से मिलोगे?" अगले ही पल 27 साल का जयप्रकाश 19 साल की सरला के सामने खड़ा है। सरसों के रंग का क्रेप का सलवार-कमीज़-दुपट्टा, कितनी सुंदर दिख रही है। दिल ने कहा, "अबे! अभी चेहरे तक तेरी नज़र पहुँची ही कहाँ है?" उसने हिम्मत करके चेहरा देख ही लिया। गोरा रंग, तीखी नाक, झुकी हुई बड़ी-बड़ी आँखें—ये तो सचमुच बहुत सुंदर है, रहेगी क्या मुझ जैसे के संग? भाई सरला के कानों में कुछ कह रहा है, वह कनखियों से जयप्रकाश की ओर देखने की कोशिश कर रही है, सोच रही है—पैर बड़े मैले हैं इसके, सफ़ेद सलवार है, लेकिन पाँयचे कितने मैले हैं, छोड़ो जी! बड़ी धूल है इस मेले में, सफ़ेद कमीज़, काली नेहरू-जैकेट, काँधे पर काली-सफ़ेद चौकड़ियों वाला परना, चेहरा···आँखें नीची हो गईं।

और ये लो जी शादी पक्की हो गई। दोनों परिवारों ने मिलकर ब्याह करवाया। गरम ख़ूनवाला, दुनिया की न सुननेवाला, मस्तमौला जयप्रकाश अब श्रीमान जयप्रकाश है, सरला देवी का ज़िम्मेदार पति। सरला देवी 'दस पास है।' बहुत इज़्ज़त करता है जयप्रकाश उसकी। जयप्रकाश ने तो स्कूल क्या होता है, जाना ही नहीं। ख़ुद ही पहले गुरुमुखी सीख ली और अब हिंदी अख़बार पढ़ना भी सीख लिया है। उसने जम्मू के तहसीलदार साहब के यहाँ नौकरी कर ली है। बग़ीचे में फल उगा रहा है—जामुन, लीची, अमरूद, केला, संतरा। दिलोजान से बग़ीचे को सींच रहा है, फलों में हिंदुस्तान-पाकिस्तान नहीं है। फल रिफ़्यूजी नहीं होता, उतना ही रसीला है यह संतरा, जितना उस पार होता था। जयप्रकाश फलों को मंडी में नहीं बेचता, बल्कि ख़ुद ठेले पर ले जाता है। जम्मू शहर में रघुनाथ मंदिर के बाहर खड़ा रहता है रोज़ सुबह 11 बजे से शाम 5 बजे तक। बादल पानी बरसाए या सूरज धूप या पूरा शहर सर्द हवाओं के आग़ोश में छिप जाए, जयप्रकाश तो तैनात रहता है रोज़ अपने ठेले के साथ। मंदिर आने-जानेवाले, रंग-बिरंगे कपड़ोंवाले, आशा-निराशा में झूलते लोगों को फल बेचता है वह।

बग़ीचे की क्यारियों में जब कुदाल चलाता है, कभी-कभी लगता है पूरी धरती का सीना ही चीर देगा और पहुँच जाएगा अपने प्यारे सियालकोट। समझ नहीं पा रहा क्या है उसके भीतर, जो उसे बेचैन किए रहता है। जब पेड़ों पर फल आने लगते हैं, उसे लगता है कि वह फिर नए सिरे से पैदा हो रहा है, इस बार सबकुछ सही होगा, कोई ग़लती नहीं। पर क्यों नहीं हो पा रहा सब सही?

1971 दिसंबर का महीना, पाकिस्तान ने भारत पर हमला बोल दिया है, हमारी फ़ौजों ने उन्हें धूल चटा दी है। हमारे फ़ौजी अपने टैंक, अपनी मशीनगन लिये पाकिस्तान के भीतर तक पहुँच गए हैं, कितने ही किलोमीटर भीतर। जयप्रकाश ने गाँववालों से सुना कि सभी अपने गाँव जा रहे हैं सरहद पार। जयप्रकाश ने घर आकर सरला से कहा, "दोनों बच्चों को तैयार कर, तू भी तैयार हो जा, आज अपने पुरखों की ज़मीन से तुझे मिलावाऊँगा।" चल पड़े हैं सारे ग्रामीण अपने-अपने गाँवों की ओर। बच्चों की तरह किलकारियाँ मारते दौड़े चले जा रहे हैं, रो रहे हैं, हँस रहे हैं। जयप्रकाश भी सपरिवार अपने गाँव की सरहद पर पहुँच गया, लेकिन उसके उत्साह पर घड़ों पानी पड़ गया। कुछ भी समझ में नहीं आ रहा, है तो उसी का गाँव, लेकिन बदला-बदला सा है, उसका घर कहाँ है? वह कुछ दूर वापस लौट गया, आँखें बंद कीं, आगे बढ़ा—हाँ यहीं-कहीं, यहीं-कहीं है मेरा घर। आँखें खोलीं, जामुन का पेड़, लिपट गया जयप्रकाश अपने बचपन के साथी जामुन के पेड़ से, चूमने लगा उसे, चिल्लाने लगा, रोने लगा, दहाड़ें मारकर रोने लगा, "लालाजी, बेबे, तायाजी, दादा-दादी, मैं आ गया, मैं आ गया। कहाँ हो तुम सब?" जामुन के उस पेड़ को आगे-पीछे घूम-घूमकर देख रहा है, "तुझ पर तो नहीं चला कोई कुल्हाड़ा? तेरी डालों को तो नहीं तोड़ा किसी ने?"

सरला दोनों बेटियों के हाथ थामे खड़ी है, क्या हो गया है जयप्रकाश को? यह रूप तो कभी देखा न था। बच्चे डरे-सहमे से माँ के पीछे छिप रहे हैं। जयप्रकाश को अब अंदाज़ा आ गया है, उसके घर की जगह पर, कोई नया मकान खड़ा है, बिल्कुल अपरिचित, अजनबी, जयप्रकाश ने गर्दन मोड़ ली। लालाजी याद आ रहे हैं, उनके साथी, उनके राजाजी भी। वह थोड़ा और आगे गया, हवेली वहीं खड़ी थी, नया रंग पुता हुआ था। जयप्रकाश को देख हवेली

ने ख़ुद ही सिर झुका लिया, शर्मिंदा थी वह अपने वजूद को लेकर। पता चला, राजाजी भी वहाँ ज़्यादा दिन नहीं रहे। कोई कहता, संन्यासी बन गए, तो कोई कहता, मारे गए, जितने मुँह उतनी बातें। जयप्रकाश लौट आया—हताश, निराश, उदास। रात वह सो नहीं पा रहा। सिर्फ़ बड़बड़ा रहा है, "सरला मैं कहीं का नहीं रहा, मेरा कोई वजूद नहीं, उस पार वालों ने मेरी पहचान मिटा दी, इस पार वाले मुझे अपना नहीं बनाते। मैं कहीं का नहीं, तेरा क्या होगा? हमारी दोनों बेटियों का क्या होगा? तू तो दस दर्ज़ा पास थी, तूने मुझसे, एक रिफ़्यूजी से शादी क्यों की? अब तू भी कहीं की नहीं रही, मेरी तरह तेरा भी इस जम्मू में कोई वजूद नहीं।" सरला उसे बहुत दिलासा देती रही, परंतु जयप्रकाश आज बहुत बदला-बदला नज़र आ रहा था।

भारत देश अपनी रजत जयंती मना रहा है। छोटे चाचा अपने परिवार के साथ जम्मू आए हुए हैं, चाईजी और तीनों प्यारे से बेटे। अचानक जयप्रकाश को अपनी गृहस्थी बड़ी फूहड़ सी लगने लगी। हाँ फूहड़, न रंग, न ढंग, न सलीका। काश! कैंप में रहते समय उसने छोटे चाचा की बात मान ली होती! काश वह भी उनके साथ लुधियाने चला गया होता। छोटे चाचा बता रहे हैं, वहाँ उनका 'अपना व्यापार है, पाँच-छह बंदे काम पर रखे हैं। बच्चे अंग्रेज़ी स्कूल में पढ़ रहे हैं, अपना दुमंजिला मकान है।' जयप्रकाश यों तो छोटे चाचा से मिलकर बहुत ख़ुश है, लेकिन पता नहीं, बार-बार भीतर कोई कहता है—"जम्मू में रहकर ग़लती कर दी तूने। जम्मू-कश्मीर के हज़ारों घरों का इतिहास है ये। हम लोगों ने तो कभी नहीं चाहा था कि पंजाब के दो टुकड़े कर दिए जाएँ। बँटवारा करनेवाले तो बड़े लोग थे, उन्हें प्राइम मिनिस्टर, चीफ़ मिनिस्टर, कलेक्टर और न जाने क्या-क्या बनना था। उनके सपने पूरे हुए और हम मारे गए, हमें सज़ा दी गई, हम अपने ही देश में रिफ़्यूजी बन गए। इज़्ज़त से सिर उठाकर चल भी नहीं पाते, कहने को अपना मकान है, लेकिन ज़मीन तो अपनी नहीं। चारों बच्चे स्कूल में पढ़ने जा रहे हैं, लेकिन…।"

यही 'लेकिन' जयप्रकाश को भीतर-ही-भीतर खाता चला जा रहा है। समय अपनी तेज़ रफ़्तार से दौड़ रहा है…बच्चे पढ़ रहे हैं… 1975 आ गया है। जयप्रकाश और उसका परिवार पूरी ईमानदारी से जीवन जी रहा है, लेकिन

सम्मान नहीं मिल पाता। और देश की प्रधानमंत्री श्रीमती इंदिरा गांधी देशद्रोह में कैद हुए शेख़ अब्दुल्ला को जम्मू-कश्मीर का मुख्यमंत्री बना देती हैं। एक देशद्रोही 20 साल से ज़्यादा समय जेल में गुज़ारता है और फिर एक दिन देश की प्रधानमंत्री उसे रातोंरात जेल से निकालकर राज्य का मुख्यमंत्री बना देती हैं, देश के ख़िलाफ़ काम करनेवाले मिर्ज़ा अफ़ज़ल बेग़ को उप-मुख्यमंत्री बना देती हैं। जयप्रकाश बेचैन है, बहुत बेचैन, देश की अखंडता के ख़िलाफ़ काम करनेवाले शेख़ अब्दुल्ला और मिर्ज़ा अफ़ज़ल बेग़ बग़ैर चुनाव लड़े मुख्यमंत्री, उप-मुख्यमंत्री बन जाते हैं और 1947 से लगातार देश के संविधान का सम्मान करनेवाला जयप्रकाश 'रिफ़्यूजी' ही कहलाता है। कोई अधिकार नहीं उसके पास···बच्चे ब्याहे जा रहे हैं···अपनी-अपनी गृहस्थी में व्यस्त हैं···मामूली-सा जीवन जी रहे हैं।

अब जयप्रकाश शाम ढले मीटिंग्स में जाने लगा है। सारे 'वेस्ट पाकिस्तानी रिफ़्यूजी' चंदा इकट्ठा कर रहे हैं, उनके नेता मुख्यमंत्री के पास जा रहे हैं। फिर और रुपए जमा हो रहे हैं। उनके नेता दिल्ली में प्रधानमंत्री से मिल रहे हैं। कहीं आस बँधती नज़र आती है, फिर टूट जाती है।

जम्मू-कश्मीर में आतंकवाद सिर उठाने लगा है। शेख़ अब्दुल्ला का बेटा फ़ारूख़ अब्दुल्ला लंदन में है, उनके परिवार को आतंकवाद का डर सताता रहता है। एक दिन देश की कांग्रेस सरकार 11 वर्षों से लंदन में रहनेवाले फ़ारूख़ अब्दुल्ला को भारत बुलाकर उसे जम्मू-कश्मीर का मुख्यमंत्री बना देती है। जयप्रकाश अभी भी रिफ़्यूजी ही कहलाता है। समय किसी के लिए नहीं रुकता, दौड़ा चला जा रहा है···नाती-पोते तुतलाती बोली बोलने लगे हैं।

गाँव के लोगों के साथ अब जयप्रकाश भी लब्बाराम के पास जाता रहता है। जम्मू में बसे शरणार्थियों के लिए लब्बाराम ने वह काम कर दिखाया है, जिसे भारत सरकार दशकों में नहीं कर पाई। आज लब्बाराम के पास विभाजन के दौरान पश्चिम पाकिस्तान से आकर जम्मू में बसे शरणार्थियों की चार पीढ़ियों का लेखा-जोखा है। लब्बाराम कहते हैं कि हम आज़ाद भारत के ग़ुलाम हैं। अपने भाई-बहनों के लिए लब्बाराम एक लंबी लड़ाई लड़ रहे हैं। सभी लोग उनका साथ दे रहे हैं। ख़ुश हैं, आख़िर केंद्र सरकार ने 2015 में इन्हें 5-5 लाख

रुपए की मदद देने की घोषणा कर दी है, लेकिन जम्मू-कश्मीर की शातिर सरकार इनसे 1951 और 1957 की लोकसभा की वोटर लिस्ट में प्रमाणस्वरूप इनके नाम माँग रही है, जबकि सच्चाई यह है कि 1967 से पहले जम्मू-कश्मीर में लोकसभा चुनाव ही नहीं हुए थे, फिर कैसी लिस्ट, कैसे नाम? यह केवल एक और सरकारी चाल है, मासूम लोगों को परेशान करते चले जाने की।''

जयप्रकाश की रफ़्तार अब धीमी और धीमी होती जा रही है। वह शेख़ अब्दुल्ला को, फ़ारूख़ अब्दुल्ला को, महबूबा मुफ़्ती को, नेशनल कॉन्फ्रेंस को, पी.डी.पी. को, कांग्रेस को, बी.जे.पी. को, सबको समझाने की कोशिश करता रहता है, बरसों से कर रहा है, लेकिन पता नहीं क्यों, लोग उसे समझ नहीं पा रहे हैं। आजकल तो 10-10, 12-12 साल के बच्चे मेंटल-मेंटल कहकर उसके पीछे दौड़ते रहते हैं। एक लड़का उस पर हँस रहा है, कहता है—तेरी सरला देवी का अस्पताल में इलाज नहीं हुआ और वह मर गई तो क्या हुआ, जा लब्बाराम के पास जा, तेरे जैसे रिफ़्यूजियों को लाखों रुपए मिलनेवाले हैं। जा, जल्दी जा; और उस लड़के ने जयप्रकाश पर पत्थर फेंक दिया। चोट लगी है, गहरी लगी है, लेकिन जयप्रकाश हँस रहा है। सोच रहा है कि आजकल न घर में, न बाहर सड़कों पर, लोग उसे क्यों नहीं समझ पा रहे हैं? कितना आसान मसला है—जिस घर में तुम 70 सालों से रह रहे हो, वह घर तुम्हारा है, जिन खेतों में तुम 70 सालों से खेती कर रहे हो, वे तुम्हारे हैं, पढ़-लिखकर जहाँ नौकरी पाना चाहते हो, वह तुम्हारी है...। तन पर केवल एक कच्छा पहने 81 साल का जयप्रकाश चिल्ला रहा है—दौड़ो-दौड़ो, जत्था आ गया है...आओ, इस पार आओ, तुम्हें ज़मीन मिल रही है, मकान मिल रहा है... मीटिंग में आओ, तुम्हें अधिकार मिल रहे हैं...ये बीच-बीच में बच्चे कहाँ से आ गए? मेंटल-मेंटल चिल्लाते?... अदब से खड़े रहो आज—श्रीमती इंदिरा गांधी आनेवाली हैं...उन्होंने बांग्लादेश बना दिया है, अब हम रिफ़्यूजियों को हमारे अधिकार दिलानेवाली हैं...आज नेशनल कॉन्फ्रेंस को वोट देना है, नहीं... पी.डी.पी. को, नहीं कांग्रेस को, नहीं-नहीं बीजेपी को...लाइन लंबी है, धूप तेज़ है...प्यास लगी है, भूख लगी है...पास ही नाले में पानी बह रहा है...वोट देने से पहले पानी पी लूँ...जयप्रकाश नाले का पानी पी रहा है...किसी लड़के ने

आकर उसका नाड़ा खींचा···जयप्रकाश अब अपना कच्छा हाथ में लिये उसे झंडे की तरह लहरा रहा है···चिल्ला रहा है—अधिकार दो या मार दो, अधिकार दो या मार दो···चलो-चलो, सारे रिफ़्यूजियों को आज अदालत खाना देनेवाली है···लाइन में बैठ जाओ···कोई राहगीर चिल्लाता है—'पगले कच्छा तो पहन' जयप्रकाश मुस्कुराकर कहता है—'यहाँ सभी बेपर्द हैं।'

□

उजड़े हुए लोग

आज दूसरा दिन है प्रीतो की शादी हुए, घर अभी मेहमानों से भरा हुआ है। सुबह से कोई टूथ पेस्ट के लिए हल्ला मचा रहा है, तो किसी को तौलिया नहीं मिल रहा है। प्रीतो की चाची सास चिंता में घुली जा रही है कि नाश्ते के लिए बन रहे ये आलू के पराँठे सबको पूरे पड़ेंगे भी या नहीं! बच्चों का हुड़दंग थम नहीं रहा, माँएँ उन्हें कूट रही हैं और अब वे अधनंगे बच्चे बाहर बैठे सुर में सुर मिलाए बिसूर रहे हैं। जवान लड़के-लड़कियाँ सज-धजकर बाहर जाने को तैयार हैं, आँखों-आँखों में योजनाएँ भी बन गई हैं। अधेड़ महिलाएँ उनके आँख मटक्का पर लानतें भेज रही हैं। दिन तेज़ी से गुज़र रहा है। दूल्हा पता नहीं कहाँ है···दुल्हन प्रीतो एक कोठरी में गोदड़ियों और रज़ाइयों के बीच बैठी हुई है। कभी रोती है और पास पड़ी चादर से नाक पोंछ लेती है। कमरे के पास से गुज़रती कोई महिला उसे आँखों से ही दुलार जाती है तो कोई चाय-पानी पूछ लेती है।

बाहर बैठक में बहस छिड़ी हुई है। सभी शामिल हैं इस बहस में परिवारवाले, नाते-रिश्तेदार, अड़ोसी-पड़ोसी, लेकिन फ़ैसला नहीं हो पा रहा है। ज़्यादातर मर्द तैयार हैं जम्मू-कश्मीर जाने के लिए। ख़ुद बख़्शी ग़ुलाम मोहम्मद साहब ने बुलाया है। जगह-ज़मीन देंगे, नौकरी देंगे, बिजली-पानी देंगे और क्या चाहिए जीने के लिए? हुआ यह कि जम्मू-कश्मीर के सफ़ाई-कर्मचारी पिछले कई हफ़्तों से हड़ताल पर हैं, सारा जम्मू-कश्मीर गंदगी का ढेर बना हुआ है, बीमारियाँ फैलनी शुरू हो गई हैं, इसलिए जम्मू-कश्मीर के प्रधानमंत्री

बख़्शी ग़ुलाम मोहम्मद ने पंजाब के वाल्मीकि परिवारों को अपने राज्य में बुलवाया है। करीब 200 से ज़्यादा वाल्मीकि परिवार अमृतसर और गुरदासपुर से पठानकोट जाएँगे, वहाँ उनका कार्ड बनेगा और फिर वे जम्मू-कश्मीर पहुँच जाएँगे। परिवारों में बहस छिड़ी हुई है कि किया क्या जाए? पुरुष तैयार हैं, बच्चे उत्साहित हैं, लेकिन महिलाओं का कहना है कि 1947 में पाकिस्तान के पंजाब से उजड़कर भारत के पंजाब में आकर बसे, घर-परिवार, नाते-रिश्ते कितना कुछ वहीं छूट गया। पिछले दस सालों में यहाँ अमृतसर में बमुश्किल पैर जमाए हैं, थोड़ा अपनापा बना है लोगों से, आज़ादी की साँस लेनी शुरू की है तो फिर हमें यहाँ से उजाड़कर, उखाड़कर जम्मू-कश्मीर ले जा रहे हैं। कैसे भूल गए ये सारे मर्द 10 साल पुरानी कहानी को? प्रीतो को तो कुछ भी समझ नहीं आ रहा। आठ-नौ साल की थी, जब सारे परिवार के साथ सिर पर गठरी लादे सरहद के इस पार आई थी। दस साल बीतते-न बीतते उसे ब्याह दिया गया यहाँ इस परिवार में और वह आ गई इस अजनबी परिवार में, इस उखड़ने की बात क्यों नहीं की जा रही? अब यहाँ दो दिन भी नहीं हुए कि फिर कहीं और···पता नहीं रब ने क्या लिखा है उसकी किस्मत में!

वही हुआ, जो होना था। मर्दों की बात मान ली गई। गृहस्थियाँ बक्सों और पोटलियों में बँधने लगीं। कल सुबह जम्मू-कश्मीर चले जाना है। रात भर अमृतसर की वाल्मीकि बस्ती में हलचल मची रही और अल्लसुबह सब तैयार। बसों में सवार सभी परिवार पठानकोट पहुँचे, कार्ड बने और सपनों के पंख पसारे पहुँच गए जम्मू। शाम ढल रही थी, चारों तरफ़ सन्नाटा पसरा हुआ था, घोंसलों की ओर उड़ते पक्षियों की आवाज़ें बड़ी प्यारी लग रही थीं। कहीं किसी जंगल के पास सुनसान में सारी बसें खाली करवा दी गईं। ये क्या? यहाँ तो बियाबान जंगल है। शहर में न कोई जान, न पहचान, अब? अब क्या, यहीं रहेंगे, यहीं बसेंगे। लकड़ियाँ लाई गईं, चूल्हे जलने लगे, खाना पकने लगा, बच्चे हुड़दंग करने लगे और मर्द चिंता। और आबाद हो गया इलाक़ा। रात खा-पीकर सभी सो गए।

आधी रात का वक़्त होगा, प्रीतो को लगा, मानो उसके कान में कोई फुसफुसा रहा है, चीख़ ही निकल जाती, तभी उस दूधिया चाँदनी में उसने चेहरा

पहचान लिया—दौलतराम, उसका पति। परिवार की दूसरी औरतें आसपास सोई हुई थीं, कैसे जाए वह ? दौलतराम थोड़ा आगे निकल गया, उसने पीछे मुड़कर देखा, प्रीतो उठ रही थी। दोनों निकल पड़े उस चाँदनी रात में, भीड़ से दूर। दिल इतनी ज़ोरों से धड़क रहा था, मानो आज बाहर ही गिर जाएगा। दौलतराम ने प्रीतो को अपनी तरफ़ खींच लिया। परतें उधड़ती चली गईं और आज दोनों एक हो गए। दबे पाँव आकर लेट गए अपनी-अपनी जगह। अगली सुबह रोज़ जैसी ही थी, लेकिन प्रीतो के लिए बिल्कुल अलग, रोमांचक, उसने अपने आपको दुपट्टे से ऐसा ढक रखा था, मानो अपने आपको सबकी नज़रों से बचाए रखना चाहती हो। तभी धूल उड़ाती मोटरगाड़ी आई, बताया गया कि उन्हें आज से ही शहर की सफ़ाई के काम में जुट जाना है। सुबह का कलेवा कर सभी काम पर जाने को तैयार थे। अलग-अलग इलाक़ों में अलग-अलग लोग जा रहे थे। पता चला, लखनपुर होते हुए कुछ और वाल्मीकि परिवार भी जम्मू पहुँच गए हैं। कुछ तवी के इस पार काम करेंगे, कुछ उस पार। काम की जगह पर पहुँच उनके 'पास' देखे गए, झाड़ू और तसले दिए गए और काम शुरू।

कचरा साफ़ करना और उस ढेर को कहीं दूर फेंक आना। सुबह सात बजे से बारह बजे तक काम, दोपहर भोजन और आराम, फिर शाम चार बजे से सात बजे तक काम। थके-हारे मर्द और औरतें, चिल्ल-पों मचाते बच्चे। रोज़ नई चिंता—रात कहाँ गुज़ारें! कभी जंगलों में, कभी अस्पताल में, कभी सड़कों पर, तो कभी डेरी फ़ार्म में। रात नौ बजे शहर का गेट बंद हो जाता है—यह अलग मुसीबत है। समय गुज़र रहा है—पंजाब से आए वाल्मीकि दो तरफ़ा मार झेल रहे हैं—सरकार उनके लिए कुछ करती नहीं और जम्मू के सफ़ाई कर्मचारियों का ग़ुस्सा बढ़ता जा रहा है—ये पंजाब वाले न आते, तो सरकार हमारी माँगें मान लेती। बात डॉ. मोदी तक पहुँची, डॉ. मोदी म्युनिसिपल कमिटी में हेल्थ ऑफ़िसर थे। पंजाब में इनकी रिश्तेदारी थी, इसलिए पंजाब के वाल्मीकियों को जम्मू-कश्मीर लाने में इनकी मुख्य भूमिका थी, चूँकि वे सेनिटेशन डिपार्टमेंट के प्रमुख थे, इसलिए भी वाल्मीकि समाज के संपर्क में रहते थे। करीब साल भर से ज़्यादा गुज़र चुका था, डॉ. मोदी के प्रयत्नों से अब जाकर पंजाब से आए सफ़ाई-कर्मचारियों की सुध ली गई। उनके लिए 10×10 तथा 10×12 के

कमरे बने, आगे-पीछे कतार में, खाने-पीने का सामान दिया गया, बिजली-पानी की व्यवस्था की गई, गाहे-बगाहे मीट भी मिल जाता था। सभी प्रसन्न हो गए, ज़िंदगी ढर्रे पर आ गई।

तभी बरसात का मौसम आ गया। दीवारें रिसने लगीं, पानी टपकने लगा, बाहर का पानी घरों के भीतर घुसने लगा, परंतु अब कहीं कोई सुनवाई नहीं। तो क्या घर और बाहर हमें केवल गंदगी में ही रहना है? प्रीतो इसे स्वीकार नहीं कर पा रही। सुबह-सवेरे जंगलों में शौच के लिए जाना, आते-आते लकड़ियाँ इकट्ठा करना, घर आकर चूल्हा जलाना, खाना पकाना, कलेवा कर काम के लिए निकल जाना। कोई सड़कों की सफ़ाई कर रहा है, कोई सरकारी अस्पतालों की, कोई सरकारी कार्यालयों की, तो कोई नेताओं और बड़े ओहदे पर बैठे लोगों के घरों की। जीतराम के पिता निरंजन नेशनल कॉन्फ्रेंस के किसी बड़े नेता की कोठी पर जाते हैं। पिता की उँगली थामे जीतराम भी वहाँ जाता है। वह चमचमाती कोठी जीतराम के लिए किसी जादुई दुनिया से कम नहीं। इतने बड़े घर में क्या होता होगा? कौन लोग रहते होंगे? देवदूत? अप्सराएँ? कभी किसी कोने से कोई अवतरित होता, कभी कहीं और से। बड़े से बग़ीचे, अहाते और कोठी के आगे-पीछे झाड़ू लगाते-लगाते दिन गुज़र जाता। एक दिन एक आदमी बाहर आया, निरंजन से कहने लगा, “बेटे को यहाँ क्यों लाता है? उसे स्कूल भेज, पढ़ा-लिखा।” निरंजन ने बेटे को समझाया, “ये बड़े साहबजी हैं, चाहते हैं तू पढ़े-लिखे।” निरंजन सोचने लगा, ‘हम जैसों के बच्चे कहाँ पढ़ेंगे? कौन पढ़ाएगा उन्हें?’

कुछ लोग हैं, जो मैला ढोने जाते हैं। लोगों के घरों में टट्टियाँ बनी हैं। लोग मल त्यागते हैं, वह नीचे गिर जाता है, मल ढोनेवाले आते हैं, मल को बटोरकर तसले में रखते हैं, सिर पर ढोकर दूर फेंक आते हैं। प्रीतो की सास दो दिनों से बीमार है, काम पर नहीं जा पा रही, इसलिए आज प्रीतो उसकी जगह जाएगी। प्रीतो, बसंतो के साथ निकल पड़ी। प्रीतो रोज़ सड़क पर झाड़ू लगाने का काम करती थी। दौलतराम के साथ जाना, काम करना, शाम ढले लौट आना, ज़िंदगी ठीकठाक ही चल रही थी। आज प्रीतो, बसंतो के साथ पहले घर के पिछवाड़े पहुँची। बसंतो ने यंत्रवत् अपना दुपट्टा मुँह पर लपेटा और मल इकट्ठा कर तसले में भरने लगी। आसपास कुछ सूअर मल पर मुँह मार रहे थे। बसंतो उन्हें

दूर करती और मल इकट्ठा करती। प्रीतो को याद आया, एक दिन एक बड़ा सा सूअर मारकर लाए थे उसकी कॉलोनी के लोग। सारे मुहल्ले में बँटवारा हुआ। प्रीतो के घर भी पका सूअर का मांस। दौलतराम बड़े प्यार से उसे खिलाने की कोशिश कर रहा था। लेकिन प्रीतो ने मुँह बिचकाते हुए कहा, 'लोगों का गू खाकर पलते हैं ये सूअर और उन्हें तुम खा रहे हो, यानी तुम लोगों का…' वह दौड़कर बाहर चली गई थी, उल्टी करने लगी थी। आज प्रीतो का सिर चकराने लगा, उबकाई आने लगी, इसे काम कहते हैं? यह तो नारकीय यातना है, इससे तो भूखे मर जाना बेहतर है। तभी सिर पर मैला ढोए बसंतो उसके पास आई और बोली, "मुँह पर दुपट्टा बाँध ले, वरना बदबू से मर जाएगी। मैला ढो, वरना पैसे न मिलने के, और पैसे न मिलेंगे तो रात चूल्हा न जलेगा घर में।" प्रीतो ने दुपट्टा मुँह पर लपेटा, हाथ काँपने लगे, आँसू बहने लगे, इतनी बेचारगी, इतना छोटा उसने कभी महसूस नहीं किया था। उसे अपने आप से घृणा हो रही थी। किसी तरह से पहले घर का मैला ढो लेने के बाद वह घर लौट गई। घर पहुँचकर वह अपनी सफ़ाई में जुट गई। अपने पर पानी उँडेलती, तो उसे लगता कि किसी ने उस पर मैला उँडेल दिया है। वह ज़ोर से चीख़ती, फिर पानी उँडेलती, फिर चीख़ती। घर की महिलाएँ आ गईं, "पागल हो गई है क्या? सारा पानी अपने ही ऊपर डालती रहेगी तो हम दिन भर घर का कामकाज कैसे करेंगे? बस कर!" हल्ला सुनकर प्रीतो की बीमार सास भी वहाँ पहुँच गई। माजरा देखा और चुपचाप लौट गई। वह प्रीतो की पीड़ा को समझ गई। प्रीतो की आँखों के आगे से मल के ढेर नहीं हट रहे। दोपहर भोजन के लिए बैठी, पहला कौर भी मुँह में डाल न सकी, उबकाई आने लगी, वह उठकर चली गई। रात दौलतराम ने बहुत मनाया, लेकिन प्रीतो से खाना न खाया गया। उसने दौलतराम से कह दिया, "यह काम मुझसे न होगा।"

पति ने कहा, "फिर जिएगी कैसे?"

"गू खाकर तो न जिऊँगी" और वह करवट बदलकर लेट गई।

उस रात एक नई प्रीतो ने जन्म लिया। यह तस्वीर बदलनी होगी। बख़्शी कॉलोनी, गांधी कॉलोनी, शास्त्री हॉल, डोगरा हॉल, वह जगह-जगह की महिलाओं को मिलने जा रही है, उन्हें समझा रही है—"आत्मसम्मान से जीना

सीखो। अपने आपको छोटा-ओछा मत समझो। अपने अधिकारों को पहचानो।"

प्रीतो गर्भवती है, लेकिन काम में जुटी हुई है। एक-एक कर उसने पाँच संतानों को जन्म दिया है, लेकिन तन और मन से बहुत मज़बूत है। न डरी है, न किसी से डरेगी। बहुत से मुद्दे हैं—महिलाएँ भी उतने ही घंटे काम करती हैं, जितने घंटे पुरुष, तो फिर महिलाओं की तनख़्वाह कम क्यों है ? पंजाब के सफ़ाई कर्मचारी भी उतने ही घंटे काम करते हैं, जितने घंटे जम्मू के सफ़ाई कर्मचारी, फिर पंजाब से आए सफ़ाई कर्मचारियों की तनख़्वाह आधी क्यों है ? हमें हर महीने अपनी तनख़्वाह से कुछ रुपए तनख़्वाह देनेवाले को क्यों देने पड़ते हैं ? यहाँ वालों को पेंशन मिलती है तो हमें क्यों नहीं मिलती ? शनिवार हो या इतवार, होली हो या दीवाली, हमें छुट्टी क्यों नहीं मिलती ? हमारे घर आज भी कच्चे क्यों हैं ? हमारे परिवार बढ़ रहे हैं तो हमें नए घर क्यों नहीं मिलते ? हमारे बच्चों के पढ़ने-लिखने की कोई व्यवस्था क्यों नहीं है ?

तो आज वाल्मीकि समाज के स्त्री-पुरुष जुलूस लेकर निकल पड़े हैं टाउन-हॉल की तरफ़। प्रीतो आगे-आगे नारे लगा रही है, मुट्ठियाँ तनी हुई हैं। सफ़ाई कर्मचारियों की दो पीढ़ियाँ यों ही मर-खप गईं। अब हमारे बच्चों का क्या होगा ? पुलिसवाले आ गए हैं, लाठियाँ बरस रही हैं, भीड़ तितर-बितर हो रही है। प्रीतो और कुछ अन्य लोगों को पुलिस की गाड़ी में ठूँस दिया गया है। अब ये सब पुलिस स्टेशन में हैं। घायल महिलाएँ कराह रही हैं। एक नौजवान पुलिस इंस्पेक्टर कह रहा है, "इन बाहरवालों ने माहौल बिगाड़ दिया है।" प्रीतो भिड़ गई उससे, "बाहरवाला किसे कह रहे हो ? हम क्या चीन-पाकिस्तान से आए हैं ? यहीं, इसी देश के हैं हम, बुलाया गया था हमें। हम न आते, तुम्हारे माँ-बाप की गंदगी साफ़ न करते तो जवान होने से पहले ही मर-खप गए होते दोनों और तुम पैदा भी न हो पाते।" प्रीतो की आवाज़ में कुछ ऐसा दमख़म था कि नौजवान पुलिस इंस्पेक्टर ज़रा सकपका सा गया। जब तक वह सँभले, दृश्य बदल चुका था—प्रीतो ने वहीं चादर बिछवा दी थी, चाय मँगवाई जा रही थी, घायलों की मरहम-पट्टी करवाई जा रही थी। नौजवान इंस्पेक्टर ने चुपचाप बाहर चले जाने में ही अपनी भलाई समझी।

जम्मू के सफ़ाई कर्मचारियों का कहना है, वापस चले जाओ। पर कैसे

चले जाएँ, इतने बरसों से यहीं रच-बस गए हैं, दो पीढ़ियाँ यहीं पैदा हुई हैं, कहाँ जाएँ लौटकर। जम्मू में मिनी पंजाब बस गया है। वाल्मीकि समाज का यह पंजाब अपने खान-पान, रीति-रिवाज़, भाषा-पहनावा, सभी कुछ सँभाले हुए है, बावजूद इसके पूरा जम्मूवासी बन गया है। इनके बच्चे दसवीं-बारहवीं पास हो गए हैं, कॉलेजों में पढ़ रहे हैं। नई पीढ़ी की नई परवाज़, लेकिन तभी एक ऐसा निष्ठुर सत्य सामने आया कि सारे वाल्मीकि सकते में आ गए। पता चला कि जम्मू-कश्मीर में सफ़ाई कर्मचारियों के बच्चों को केवल सफ़ाई कर्मचारी की ही नौकरी मिलेगी। वे कोई और नौकरी नहीं कर सकते। यह कहाँ का न्याय है? ऐसा तो सारी दुनिया में कहीं नहीं सुना है। बच्चे नौकरियों के लिए अप्लाई कर रहे हैं, कहा जाता है—

"नौकरी केवल जम्मूवासियों के लिए है।"

"हम जम्मूवासी ही हैं, यहीं पैदा हुए हैं।"

"ठीक है, फिर पी.आर.सी. लाओ।"

"कैसी पी.आर.सी. ?"

"पी.आर.सी. नहीं है तो तुम यहाँ के नहीं हो, नौकरी नहीं मिलेगी।"

सिर पीट लिया माँ-बाप ने। इतनी हसरतों से बच्चों को पढ़ाया-लिखाया, अब सारे सपने गलियों की गर्द में गुम हो गए हैं। बी.ए., बी.कॉम. पास कर बच्चे हाथों में झाड़ू लिये सड़कें साफ़ कर रहे हैं। पूरा भारत एक तरफ़, एक नियम, एक कानून और जम्मू-कश्मीर अलग। क्यों? हमारी अच्छी-भली गृहस्थी थी पंजाब में, हमें यहाँ बुला लिया, अब हम फिर कहाँ जाएँ? ज़िंदगी न हुई, गुड़ियों का खेल हो गया। तभी एक और घटना घट गई। वाल्मीकि समाज की मीना ने बारहवीं साइंस में बहुत बढ़िया अंक पाए, फिर मेडिकल एंट्रेंस एग्ज़ाम दी, बहुत बढ़िया अंक आए, उसने मेडिकल कॉलेज का फ़ॉर्म भरा, एडमिशन के लिए गई, लेकिन एडमिशन नहीं मिला, क्योंकि उसके पास पी.आर.सी. नहीं है—यह क्या? यानी हमारे बच्चे जम्मू-कश्मीर में डॉक्टर, इंजीनियर भी नहीं बन सकते?

लोग हँस रहे हैं उन पर, "अरे! तुम गंदगी साफ़ करने के लिए पैदा हुए हो, वही करोगे।"

मीना प्रीतो के पास आई, "चाईजी, आप सबके लिए लड़ते हो, मुझे भी रास्ता दिखाओ।"

प्रीतो ने मीना को गले से लगा लिया, "पुत्तर, तेरी लड़ाई अब मेरी लड़ाई है।"

प्रीतो सरकारी कार्यालयों के, मिनिस्टरों के चक्कर लगाती रही, लेकिन सभी जगह एक ही जवाब, "बाहर के किसी भी व्यक्ति को जम्मू-कश्मीर के किसी भी प्रोफ़ेशनल कॉलेज में दाखिला नहीं मिल सकता।"

एक ही देश में दो कानून कैसे हो सकते हैं? जम्मू-कश्मीर के लोग पूरे देश में कहीं भी, किसी भी कॉलेज में पढ़ने जा सकते हैं, उनके लिए बाक़ायदा सीट्स भी रिज़र्व्ड हैं, लेकिन जम्मू-कश्मीर में ही पैदा हुई मीना वहाँ के मेडिकल कॉलेज में भर्ती नहीं हो सकती। यह कैसा अनर्थ है। प्रीतो ने उसे दिलासा दिया कि "तुम वाल्मीकि की बेटी हो, तुम्हें आरक्षित सीट मिल जाएगी।"

फिर फ़ॉर्म भरा गया, ऑफ़िस पहुँचे, फ़ॉर्म देखकर कहा गया, "साथ में एस.सी. का प्रमाण-पत्र लगाओ।"

फिर सरकारी कार्यालयों के चक्कर, एस.सी. सर्टिफिकेट के लिए कहा गया, "कोई तो काग़ज़-पत्तर लाओ कि आप दलित हैं।"

"जी, हमें तो पंजाब से बुलाया गया था, हम कोई काग़ज़-पत्तर नहीं लाए। पर हम वाल्मीकि हैं, साफ़-सफ़ाई का काम करते हैं, मैला ढोते हैं।"

"ठीक है, ठीक है, आप ये सब काम करते हैं, हमने भी मान लिया, पर काग़ज़ पर कहाँ लिखा है कि आप वाल्मीकि हैं?"

अब? सारे देश में दलितों के लिए आरक्षण है, अनेक-अनेक योजनाएँ हैं, वे लोग तरक़्क़ी कर रहे हैं और जम्मू-कश्मीर के दलित नौजवान बी.ए., बी.एससी., एम.ए., एम.एससी. कर सड़कों पर झाड़ू लगा रहे हैं। कैसे बदलेगी ये तस्वीर?

राधिका ग्यारहवीं कक्षा में पढ़ रही है, बहुत अच्छी एथलीट है। अनेक-अनेक स्वर्ण-पदक जीते हैं उसने। अब नैशनल लेवल पर जाने की तैयारी है। आजकल बहुत अच्छी प्रैक्टिस चल रही है, टाइमिंग भी बहुत बढ़िया आ रही है। सारे वाल्मीकि समाज में उत्साह है—राधिका हमारे समाज का नाम देश भर में

रोशन करेगी। माँ-बाप फूले नहीं समा रहे हैं। राधिका के सपनों का तो कहीं पार ही नहीं। पापा और कोच सर के साथ पहुँच गई फ़ील्ड में, आज टाइमिंग सही हो तो फिर सीधा दिल्ली।

बारी आई, फ़ॉर्म भरा, कहा गया, "पी.आर.सी. साथ अटैच कीजिए।"

"यहाँ कैसी पी.आर.सी. ? बच्ची अच्छी एथलीट है, ट्रैक पर खड़ा कीजिए, दौड़ाइए, अपनी योग्यता से आगे जाएगी।"

"जनाब, पी.आर.सी. होगी, तब तो ट्रैक पर खड़ा करेंगे।"

बहस होने लगी, हर वाक्य के साथ राधिका का दिल बैठता गया। दोपहर घर पहुँचते-पहुँचते जम्मू-कश्मीर की सर्वोत्तम एथलीट गुमनामी के अँधेरे में खो चुकी थी। धीरे-धीरे राधिका सँभलने लगी। कुछ कर गुज़रने का जज़्बा उसे ताक़त दे रहा था। पूरी ईमानदारी के साथ राधिका नई कोशिश में जुट गई। इस बार उसने जमकर पढ़ाई की, बी.एस.एफ. की एंट्रेंस एग्ज़ाम दी, बहुत अच्छे अंक आए, फ़िज़िकल टेस्ट भी पास कर गई। दिल उमंग और उत्साह से भरा हुआ था, देश के लिए कुछ कर गुज़रने का सपना साकार होने जा रहा था। माँ-बाप के साथ सुबह चार बजे उठकर नियत स्थान पर पहुँची, लंबी लाइन, लेकिन राधिका जानती है कि लिस्ट में उसका नाम सबसे ऊपर है, सिलेक्शन तय है। बारी आई, फ़ॉर्म भरा, पी.आर.सी. की कॉपी माँगी गई, कहाँ से लाएँ पी.आर.सी. ? सामने बैठे क्लर्क ने राधिका और उसके पिता को बुरी तरह लताड़ दिया, "पी.आर.सी. नहीं तो फ़ॉर्म भरने की हिम्मत कैसे की तुमने?" अपमान से तमतमाया चेहरा, आँखों में आँसू, रुँधा हुआ गला, काँपते हाथ, लड़खड़ाते क़दम, कुछ सूझ नहीं रहा, कहाँ जाए राधिका? कैसे जिए इस जम्मू-कश्मीर में? ये पी.आर.सी. का अजगर निगल लेगा एक पूरी की पूरी पीढ़ी को।

छटपटाहट बढ़ती जा रही है। हम इसी राज्य में पैदा हुए, पले-बढ़े, पर हम यहाँ के नहीं हैं। कैसे संभव है यह? जहाँ हम रह रहे हैं, वह चुनाव क्षेत्र वाल्मीकि समुदाय के लिए रिज़र्व्ड है, लेकिन हम चुनाव में खड़े नहीं हो सकते, हम वोट भी नहीं दे सकते, क्योंकि हम वाल्मीकि तो हैं, लेकिन किसी सरकारी फ़ेहरिस्त में हमारा नाम नहीं है। किससे कहें हम अपनी दास्ताँ। उमेश और अमित बारहवीं जमात तक साथ-साथ पढ़ते रहे। उमेश हमेशा अव्वल आता रहा, दोनों

दोस्तों का एक ही सपना था—हाई कोर्ट में वकालत करेंगे। अब अमित हाई कोर्ट में वकालत कर रहा है और उमेश बी.ए. करने के बाद सड़कों पर झाड़ू लगा रहा है, क्योंकि एल-एल.बी. कर भी लेता, फिर भी 'जम्मू-कश्मीर बार एसोसिएशन' का मेंबर नहीं बन सकता। कश्मीर की बार एसोसिएशन का तो पिछले 25 साल से एक ही अध्यक्ष है। उसका काम है—आतंकवादियों को छुड़ाना और भारतीय सेना के विरोध में केस करते चले जाना। कहाँ का न्याय है यह? कहाँ होगी हमारी सुनवाई, कब होगी हमारी सुनवाई?

अठारह साल बाद आख़िर दौलतराम की नौकरी पक्की हुई, फिर उसकी तरक़्क़ी हुई, वह निगरान बना। अब वह ख़ुद सड़कों पर झाड़ू नहीं लगाता, झाड़ू लगानेवालों के काम की निगरानी करता है, आगे चलकर और तरक़्क़ी हुई, वह सुपरवाइज़र भी बना, परंतु कभी न्याय नहीं मिला। जम्मू वाले की तनख़्वाह चालीस हज़ार और दौलतराम की पच्चीस हज़ार—यह तो सरासर अन्याय है, लेकिन किससे कहें?

वाल्मीकि समाज में प्रीतो का दबदबा बढ़ता जा रहा है। लोग दौलतराम के पास आते हैं कि प्रीतो से कहकर हमारा काम करवा दो। प्रीतो मुस्कुराकर कहती है, "जट्ट ने पिलाई लस्सी, ते गले में डाली रस्सी। मुझे घूस दे रहे हो? मेहनत बिना कोई काम नहीं होता। ये तो सोचो, कितनी-कितनी जंग लड़नी हैं हमने—सरकारी उदासीनता, सामाजिक नफ़रत, ग़रीबी। ईमानदारी से अपना काम करो, ठंड रखो, अपने दिन भी आएँगे।"

पहले से ही परेशानियाँ कम थीं, जो अब एक और नया मोर्चा खुल गया है। पिछले कुछ समय से नए-नए लोग बस्ती में आते हैं, कहते हैं—सत्संग में आओ, हमारी बातें सुनो। कभी किसी की छत पर, कभी किसी के कमरे में लोग जमा होते हैं, उन्हें समझाया जाता है, "बरसों से तुम समाज में नफ़रत झेल रहे हो, तुम्हारे साथ अन्याय हो रहा है। हमारे धर्म में आओ, हमारे धर्म में कोई ऊँच-नीच नहीं है, कोई बड़ा-छोटा नहीं है, हमारे भगवान् ये हैं, इन्हें पूजो। तुम्हारे सारे दुःख दूर हो जाएँगे, तुम्हारा उद्धार होगा।" हर रविवार को कुछ छतें किराए पर ली जाती हैं—लोगों को दस से पंद्रह हज़ार महीने का किराया मिल रहा है, कौन नहीं देगा अपनी छत हर रविवार सुबह किराए पर। लोगों को नया भगवान् पसंद

आने लगा है, वे उसे पूजने लगे हैं। धीरे-धीरे पता चला, हम तो यहाँ भी मारे गए। पहले 'उनकी' प्रार्थना सभा होती है, प्रवचन होता है, फिर इस वाल्मीकि समाज वालों को बुलाया जाता है, नीची जातिवालों के साथ उठना-बैठना 'उनको' पसंद नहीं आता। बावजूद इसके हर रविवार, कहीं किसी छत पर सत्संग का आयोजन होता रहता है, इस उम्मीद में कहीं, कोई तो हमारे भगवान् को महान् कहेगा, किसी का तो मन बदलेगा। प्रीतो को भी बुलाया गया, उसने सारी बातें सुनीं, फिर यह कहकर लौट आई कि "मेरी माँ ने मुझे सिखाया है कि पति और भगवान् बदले नहीं जाते।" आयोजक तिलमिलाकर रह गए। प्रीतो सोच रही है, इन लोगों के चलते हमारे लोगों ने अपने नाम बदल लिये, धर्म बदल लिया, रोटी की जगह डबलरोटी खाने की भी कोशिश कर रहे हैं, लेकिन समाज की नज़र कहाँ बदली ? सोच कहाँ बदली ? हम 'बाहरवाले', 'बग़ैर पी.आर.सी. वाले' तो वहीं-के-वहीं पड़े हुए हैं।

सारे जम्मू-कश्मीर की सफ़ाई करनेवाले कर्मचारियों की अपनी बस्तियाँ गंदगी में बजबजा रही हैं, क्योंकि नालियाँ नहीं हैं। हर साल बरसात का मौसम अभिशाप बनकर आता है इनके लिए। ज़्यादातर परिवार आकंठ कर्ज़े में डूबे हुए हैं, बैंक से कर्ज़ा लेना चाहें तो केवल जम्मू-कश्मीर बैंक से कर्ज़ ले सकते हैं, वह भी 18 प्रतिशत ब्याज पर। अँधेरा, अँधेरा और अँधेरा। कौन दिलाएगा हमें हमारे अधिकार ? छोटी-मोटी दुकान तक खोलने का अधिकार नहीं है हमें। कॉलेज के अपने ही क्लासमेट के घर सफ़ाई का काम कर रहे हैं, अपमान का घूँट पी रहे हैं। एक पूरी-की-पूरी पीढ़ी पढ़-लिखकर तैयार खड़ी है, मौके तलाश रही है, लेकिन हर बार हाथ में झाड़ू थमा दिया जाता है। प्रीतो सोच रही है, उसके साथ की बसंतो, मायादेवी, सरलादेवी, जसविंदर और कितनी-कितनी महिलाएँ रोटी कमाती भी रहीं और परिवार को खिलाती भी रहीं। शराबी-कबाबी पतियों को सँभालती भी रहीं और बच्चों को संस्कार भी देती रहीं। जम्मू-कश्मीर की सड़कों को, स्कूल-कॉलेजों, घरों, कार्यालयों को साफ़-सुथरा भी बनाती रहीं, परंतु यहाँ की सरकारें साठ सालों में इन्हें यहाँ का स्थायी निवासी तक मानने को तैयार नहीं। कम-से-कम यहीं पैदा हुए, जवान हुए, पढ़े-लिखे हमारे बच्चों को तो उनका अधिकार दो। पूरा देश मानव अधिकार की बात कर रहा है, प्रीतो

को उसके बेटों ने बतलाया है, वह अपने तीनों जवान बेटों और उनके साथियों के साथ दिल्ली पहुँच गई, 'मानव अधिकार आयोग', अच्छा सुनाई देता है, लेकिन वहाँ पहुँचकर प्रीतो समझ गई कि उन्हें तो मानव श्रेणी में ही नहीं गिना जाता, फिर अधिकार किस बात के?

आजकल अपनी ज़िंदगी की ढलती शाम को प्रीतो अनुभव कर रही है। उसके बच्चे अपनी-अपनी गृहस्थी में व्यस्त हैं। दौलतराम कभी न लौटकर आने के लिए जा चुका है। डॉक्टरों का कहना था कि ज़िंदगी भर सड़कों की धूल फेफड़ों में भरती चली गई है। कितना काम करेंगे फेफड़े? एक दिन दौलतराम के फेफड़ों ने जवाब दे दिया।

अस्पताल के बिस्तर पर पड़ा दौलतराम कह रहा था, "प्रीतो मैं ज़िंदगी भर तेरे साथ चलने की कोशिश करता रहा, लेकिन चल नहीं पाया। तेरी चाल, तेरी सोच बड़ी तेज़ है। अब मैं तो किसी काम का न रहा, पर तू हिम्मत मत हारना, तुझे अभी बड़े काम करने हैं।" उखड़ती साँसें थम गईं।

प्रीतो का संघर्ष जारी है, काम चल रहा है। अब सफ़ाई कर्मचारियों को पेंशन मिलने लगी है, त्योहार के दिन आधा दिन छुट्टी मिलने लगी है। कैजुअल लीव मिलने लगी है, लेकिन पी.आर.सी. की गुत्थी नहीं सुलझ रही। प्रीतो ने हिम्मत नहीं हारी है।

उसके बच्चे कहते हैं, "माँ तू नेक काम किद्दा है।" प्रीतो के चेहरे पर एक मुलायम सी मुस्कान आ जाती है।

प्रीतो तेज़-तेज़ चल रही है, मीटिंग में पहुँचना है। दिल्ली से पत्रकार आए हुए हैं, धारा 35ए पर बातचीत होनी है। नई रोशनी, नई उम्मीद। चलते-चलते अचानक सीने में तेज़ दर्द उठा, पसीना-पसीना हो रही है वह, क़दम लड़खड़ा रहे हैं, गिर रही है वह···ये क्या मेरे चारों तरफ़ लोग क्यों जमा हैं? मैं सड़क पर क्यों पड़ी हुई हूँ? मुझे देख लोगों ने रोना-पीटना क्यों शुरू कर दिया है? बड़ा बेटा डॉक्टर को लेकर पहुँच गया। डॉक्टर ने मुझे देख-परखकर सिर हिला दिया है, सारा मोहल्ला इकट्ठा हो गया है। मैं अगर वहाँ बीच में पड़ी हूँ तो फिर मैं कौन हूँ···ओह!

कैसे समझाऊँ इन्हें कि यहाँ बैठकर रोना-पीटना छोड़ो, उन पत्रकारों से

मिलने जाओ, समझाओ उन्हें कि तुम लोग हमें समाज का पिछड़ा हुआ अंग समझते हो, लेकिन सत्य तो यह है कि हमारे बग़ैर तुम्हारा समाज खड़ा नहीं रह सकता। जाओ कहो सरकार से कि हमारी बातें सुन ले, मान ले, क्योंकि नई पीढ़ी में इतना धीरज नहीं है कि बरसों-बरस पुरानी पीढ़ी की तरह चुप बैठी रहे। अब ये हज़ारों की संख्या में हैं, पढ़े-लिखे हैं, कलम की ताक़त बड़ी मज़बूत होती है, इन्हें अधिकार नहीं दोगे तो ये छीनने का माद्दा रखते हैं। सँभल जाओ, इन्हें इनके अधिकार दो, वरना अनर्थ हो जाएगा। साठ सालों से बँधा धीरज का बाँध टूट गया तो ज़लज़ले में बहुत कुछ बह जाएगा—सरकारें, समाज, राज्य और न जाने क्या-क्या···

आह! ये शीतल-शीतल अहसास, मन संतुष्ट है···शांत है···मुस्कुरा रहा है··· परिवर्तन तो आना ही है, रात के बाद सवेरा तो होना ही है, उजड़ने के बाद ही तो बस्ती फिर बसती है। समय आ गया है बसने का, सँवरने का······

□

रुख़साना मेरी जान

1978, बंबई शहर, जुलाई का पहला हफ़्ता, धुआँधार बारिश, फ़र्स्ट-ईयर बी.ए. इकॉनॉमिक्स का लेक्चर, डॉ. देशपांडे अटेंडेंस ले रही हैं, एक सौ पंद्रह के करीब विद्यार्थी रूम नंबर 22 में बैठे हुए हैं, तभी कमरे का दरवाज़ा खुला, उनके लेक्चर में कोई देरी से आने का साहस नहीं कर पाता, उन्होंने नाक पर नीचे खिसक आए चश्मे के ऊपर से दरवाज़े की तरफ़ देखा··· सफ़ेद सलवार-कमीज़, हल्का गुलाबी शिफ़ॉन का लहराता दुपट्टा, उसी के साथ लहराते लंबे सुनहरे बाल, गोरा रंग, गुलाबी गाल, चौड़ा माथा, तीख़ी-लंबी नाक, बड़ी-बड़ी भूरी आँखें, सधे हुए क़दम, वह प्लेटफॉर्म के पास आ गई, जिस पर खड़ी डॉ. देशपांडे अटेंडेंस ले रही थीं। "गुड मॉर्निंग मैम, जस्ट गॉट एडमिटेड, प्लीज़ ऐड माइ नेम इन योर रोल कॉल।" 'श्योर' बोलते हुए डॉ. देशपांडे ने उसके बढ़े हुए हाथ से वह 'ऑफ़िशियल स्लिप' ले ली, जिस पर उसका नाम और रोल नंबर लिखा हुआ था। वह 'थैंक यू मैम' कहकर बीच की रो में तीसरी बेंच पर जाकर बैठ गई। डॉ. देशपांडे ने रुख़साना पर से अपनी नज़र हटाई, महसूस किया, पिछले करीब 12-14 सेकंड्स से वे और पूरा क्लास रुख़साना को ही निहार रहे थे, वे फिर से अटेंडेंस लेने लगीं।

जम्मू-कश्मीर 'कोटे' के तहत रुख़साना का इस कॉलेज में एडमिशन हुआ। बड़े भाईजान और भाभीजान ने कॉलेज में दाखिला दिलवाया, कॉलेज से कुछ दूरी पर, बंबई के पॉश इलाक़े मरीन ड्राइव में किराए का फ़्लैट दिलवाया, भाभीजान ने उस घर को सजाया और दो दिन बाद वे दोनों बारामुला लौट गए।

अट्ठारह साल की रुख़साना की ज़िंदगी का नया अध्याय शुरू हो गया।

आलीशान कोठी में रहनेवाली रुख़साना को लगता, 'यह घर तो शुरू होने से पहले ही ख़त्म हो जाता है, जिसे बेडरूम कह रहे हैं, इतना बड़ा तो बारामुला में मेरा ग़ुसलखाना था।' लेकिन वह ख़ुश है, बहुत खुश है। दसवीं में पहुँचते ही उसने ऐलान कर दिया था कि बारहवीं कक्षा के बाद वह केवल और केवल बंबई के इसी कॉलेज में पढ़ेगी और इकॉनॉमिक्स में बी.ए. करेगी। अम्मी जानती हैं कि उनकी शहज़ादी किताबें पढ़ने के अलावा कुछ करना नहीं जानती, सो साथ जमीला को भेजा है, जो बचपन से रुख़साना की देखभाल करती रही है।

पहाड़ों की रुख़साना अब सागर किनारे खड़ी है। दूर-दूर तक फैला अथाह सागर, शांत, निश्चल, सभी को अपने आग़ोश में लेने को तत्पर। नन्ही-नन्ही, गिरती-उठती लहरें रुख़साना के सपनों की तरह हैं, शोख़-चंचल। दिन तो पूरा कॉलेज में अच्छा गुज़र जाता है, लेकिन घर में अकेले बैठे शामें गुज़ारना मुश्किल हो जाता है। कभी-कभी वह मरीन-ड्राइव चली जाती है। लोगों का रेला लगा रहता है—जॉगिंग करते लोग, सैर के लिए आए लोग, दुनिया के कोने-कोने से बंबई घूमने आए लोग, अकेले बैठे लोग, आते-जाते ट्रैफ़िक को निहारते लोग, प्रेमी-युगल, मूँगफली वाले, नारियल पानीवाले, भुट्टा भूनकर खिलानेवाले, गरमागरम चाय पिलानेवाले, सतरंगी साबुन के बुलबुले उड़ानेवाले, बंदर का खेल दिखानेवाले और चमचमाती गाड़ियाँ, जो कभी थमती नहीं। कितनी भीड़ है इस शहर में, लेकिन कोई किसी को नहीं जानता-पहचानता, सब अपने-आप में व्यस्त हैं, मस्त हैं।

इतना भी आसान नहीं है इस शहर में बसना। क्लासमेट्स ने ज़रूर उसे अपना दोस्त बना लिया है। फ़ैशनेबल लड़के-लड़कियाँ, आपस में मिलने-जुलने का इनका बेबाक अंदाज़, क्लासरूम में, कैंटीन में बड़े बेतकल्लुफ़ होकर उठते-बैठते हैं ये। प्रोफ़ेसर्स से बेधड़क सवाल पूछते हैं, बहस करते हैं, फ़िलहाल कॉलेज में रुख़साना केवल श्रोता है। रोज़ शाम ढले फ़ोन पर अम्मी को दिन भर का ब्योरा देने में बड़ा मज़ा आता है, अम्मी भी उसकी आँखों से बंबई देख-सुन रही हैं। हर बार फ़ोन का आख़िरी वाक्य—अपनी परवरिश की इज़्ज़त रखना, तुम्हारे अब्बू ने तुमसे वादा किया था, इसलिए…वरना जवान बेटी

को इतनी दूर, अकेले, इतने बड़े शहर में कौन भेजता है···अल्लाह मालिक है। ख़ुदा हाफ़िज़ मेरे बच्चे।

कॉलेज में जैसे ही पता चलता है, वह कश्मीरी है, उसके प्रति लोगों की उत्सुकता बढ़ जाती है। सईद की उत्सुकता आजकल ज़रा ज़्यादा ही बढ़ रही है, रुख़साना मुस्कुरा दी। कॉलेज में अनेक लड़कियाँ बाक़ायदा बुरक़ा पहनकर आती हैं, कॉलेज पहुँचकर उतार देती हैं। उसके कश्मीर में ऐसा चलन नहीं है, लेकिन बंबई की लड़कियाँ बड़ी कॉन्फ़िडेंट हैं। रुख़साना को अब अपने होने का एहसास होने लगा है। अब अपनी बात को, अपनी सोच को पूरे आत्म-विश्वास के साथ वह लोगों के सामने रख पाती है। आजकल तो वह 'इंटरकॉलिजिएट डिबेट कॉम्पटीशन' में अपने कॉलेज को रिप्रेज़ेंट करने लगी है। इस रुख़साना से मिलकर वह ख़ुद अचंभित है, क्योंकि कश्मीर में तो माहौल ऐसा है कि लड़कियों की, महिलाओं की मानो कोई हैसियत ही नहीं है, सिर्फ़ इस्तेमाल की चीज़ हैं वे। दरअसल जम्मू-कश्मीर चाहता ही नहीं कि महिलाएँ आगे बढ़ें, उनकी अपनी पहचान हो।

रज़िया, कैरल, निशा, तारा और रुख़साना अच्छी दोस्त बन गई हैं। क्लास रूम में साथ, कैंटीन में साथ। रुख़साना को यह कॉलेज, यह शहर अच्छा लगने लगा है। पलक झपकते एक टर्म ख़त्म हो गया और छुट्टियाँ होते ही वह बारामुला पहुँच गई। बंबई की बातें, बातें और बातें, कोई अंत नहीं है। तीसरा साल गुज़रते-गुज़रते रुख़साना 'बॉम्बे गर्ल' बन गई है, अपनी पूरी कश्मीरियत के साथ। सईद उसका अच्छा दोस्त बन गया है, बहुत अच्छा दोस्त। नेवी नगर में रहता है अपनी माँ के साथ, वे केंद्रीय विद्यालय में पढ़ाती हैं, अब्बा 1971 के युद्ध में शहीद हो गए थे। सईद भी इंडियन मिलिट्री अकेडमी IMA जानेवाला है। महाराष्ट्रियन है, रत्नागिरी का। सईद 'शिया' है, कितने अलग हैं इनके रीति-रिवाज़, इनका रहन-सहन।

मई का महीना शुरू होने तक वह अपने बारामुला पहुँच चुकी थी। हफ़्ता भर बड़े उत्साह से गुज़रा, लेकिन फिर अपना शहर बड़ा धीमा, सुस्त, बेजान लगने लगा। बंबई में तेज़ी है, जान है, हर दिन कुछ नया घटित होता रहता है। उसका परिवार ख़ुश है कि वह लौट आई है, लेकिन रुख़साना का दिल बंबई की

गलियों में डोल रहा है। उसने बंबई में एम.बी.ए. करने का मन बना लिया। घर में बड़ा विरोध हुआ, रिश्ते आने लगे थे, शादी कर लेने का दबाव बढ़ता जा रहा था, लेकिन रुख़साना आगे पढ़ना चाहती है, आगे बढ़ना चाहती है। मन-ही-मन वह अपने आप से सवाल करती, 'कहीं सईद तो कारण नहीं है बंबई जाने का? नहीं। शायद हाँ। नहीं।' रिज़ल्ट आते ही वह बंबई के लिए रवाना हो गई। इस बार न भाई-भाभी साथ हैं, न जमीला, एक नई रुख़साना है यह।

□

अगस्त का महीना। एयरपोर्ट से वह सीधे निशा के घर गई, मरीन-ड्राइव, उसकी जानी-पहचानी जगह। निशा पोस्ट ग्रेजुएशन के लिए अमेरिका जाने की तैयारी में लगी हुई है। सारे दोस्तों से मिलना-जुलना हुआ। सईद देहरादून जा चुका है, IMA एंट्रेंस एग्ज़ाम क्लियर करने के बाद। सईद के बग़ैर बंबई कैसी लगेगी?

भीतर से किसी ने कहा, "क्या तुम सईद के लिए बंबई आई हो?"

"नहीं तो।"

"फिर?"

कॉलेज अँधेरी में है, इसलिए अँधेरी में ही किराए का घर ढूँढा गया। एक नई बंबई से परिचय हो रहा है, ऑटो रिक्शा, लोकल ट्रेन, लोगों की भीड़। अपने आपको कई बार रोकने के बावजूद एक दोपहर वह नेवी नगर पहुँच गई। आंटी स्कूल से लौटी ही थीं, उसे दरवाज़े पर देखते ही भावुक हो गईं, उसे प्यार से बाँहों में जकड़ लिया—

"बच्चा, तुमने बताया भी नहीं और कश्मीर लौट गईं, तुम्हारा नंबर भी नहीं था सईद के पास। तुम सोच भी नहीं सकतीं, वह कितना परेशान रहा, कितना मिस करता रहा तुम्हें, हर फ़ोन में पूछता है रुख़साना का पता चला? अच्छी दोस्त निकलीं तुम तो। कब आईं? कहाँ रह रही हो? क्या प्लान है?"

आंटी ने तो पिछले तीन-चार महीनों के सारे सवाल एक साथ पूछ लिये। रुख़साना जवाब दे रही है और आंटी उसे केवल निहार रही हैं।

फिर कहने लगीं, "चलो अच्छा है, दो साल में तुम्हारा एम.बी.ए. पूरा हो जाएगा और सईद भी आई.एम.ए. से अफ़सर बनकर आ जाएगा। मैंने तो बच्चा

तुम्हारे लिए सोने का एक सुंदर सेट भी बनवा लिया है, बड़ा प्यारा डिज़ाइन है, देखोगी ?

"लेकिन आंटी हमने कभी ऐसा कुछ सोचा नहीं है।"

"इसीलिए तो मैं सोच रही हूँ।"

"आंटी, हम सुन्नी हैं, मेरे घर के लोग कभी तैयार नहीं होंगे।"

"बेटा, मेरे लिए तुम्हारा मुस्लिम होना ही काफ़ी है।"

"हमें वक़्त दीजिए, आंटी।"

"लाओ अपना पता दो, सईद को भेज दूँगी। लो, यह सईद का नंबर है, तुम्हारा कोई नंबर हो तो दो।"

"आंटी फ़िलहाल तो कोई नंबर नहीं है मेरे पास।"

शाम ढलने लगी थी, इस समय रुख़साना लोकल ट्रेन में नहीं चढ़ पाएगी, उसने टैक्सी कर ली।

□

'ख़ूब परदा है कि चिलमन से लगे बैठे हैं,
साफ़ छुपते भी नहीं, सामने आते भी नहीं।'

कैंटीन फ़ॉयर में दाग़ की पंक्तियाँ कौन गुनगुना रहा है ? रुख़साना ने दाहिने कंधे पर आए अपने लंबे, घने, सुनहरे बालों को पीछे किया। मियाँ सईद उसकी तरफ़ देखकर गुनगुना रहे थे, गुलाबी गाल लाल-लाल हो गए।

□

"ये समंदर ठीक तुम्हारी तरह है रुख़साना, शांत-गहरा, लेकिन भीतर प्यारे-प्यारे मोती छिपे हैं।"

"शार्क और ह्वेल भी यहीं रहती हैं।"

"अरे, उनसे मेरी अच्छी दोस्ती है।"

□

"तुम इतनी ख़ूबसूरत हो और ज़हीन भी, सँभलकर रहना इस शहर में, यहाँ के लड़के ऐसी लड़कियों की ताक में रहते हैं।"

"आई नो! वन इज़ सिटिंग राइट इन फ्रंट ऑफ़ मी।"

□

"सारी कश्मीरी लड़कियाँ तुम्हारी तरह ही इतनी ख़ूबसूरत होती हैं या फिर ऊपरवाले ने तुम्हें ख़ास मेरे लिए इस कॉलेज में भेजा है।"

"इस मुग़ालते में मत रहना जनाब, हम कश्मीरियों को बंबई वाले पसंद नहीं आते।"

"अच्छा जी, बंबई पसंद है, लेकिन बंबईवाले नहीं, इज़ इट पॉसिबल?"

"व्हाय नॉट।"

"रुख़साना मेरी जान! लौटकर आना होगा!" रुख़साना ने आँखें तरेरीं।

लेकिन अब वह सचमुच लौट आई है। क्यों लौट आई वह?

□

मेट्रो थिएटर के पास लगातार तेज़ गाड़ियाँ दौड़ रही हैं, रुख़साना रोड क्रॉस नहीं कर पा रही, एक क़दम आगे जाती है। फिर दो क़दम पीछे, एक मज़बूत हाथ ने उसका हाथ थामा, इससे पहले कि वह कुछ समझ सके, वह सामने वाले फुटपाथ पर खड़ी थी, वह हड़बड़ा सी गई, उसने अपना हाथ खींच लिया।

"यह हाथ छोड़ने के लिए नहीं थामा है, रुख़साना।"

□

तो सईद अपने मन की कहता रहा, रुख़साना ही समझ न पाई। आज आंटी कितना कुछ कह गईं। बग़ैर सईद की इच्छा जाने तो इतना न कहतीं। लेकिन कैसे संभव है यह रिश्ता? अपने घर में बतलाने का तो उसमें साहस ही नहीं।

चार दिनों के बाद उसके हाथ में एक ख़ूबसूरत लिफ़ाफ़ा है, सईद का ख़त। ख़तों का सिलसिला, फ़ोन कॉल्स। एम.बी.ए. भी हो गया, आई.एम.ए. पासिंग आउट परेड भी हो गई। लेफ़्टिनेंट सईद बंबई भी आ गए। लेकिन रुख़साना हिम्मत नहीं जुटा पा रही कि घर में किसी को कुछ बतला सके। सईद का कहना है कि मैं बारामुला चलता हूँ। आंटी कह रही हैं, मैं तुम्हारे घर के लोगों को समझाती हूँ, लेकिन रुख़साना जानती है कि यह संभव नहीं है। इस बार जब वह बारामुला पहुँची तो सामने चार-पाँच लड़कों की तस्वीरें रख दी गईं। तीनों भाई, भाभी कह रहे हैं, किसी एक पर उँगली रख दो, निकाह हो जाएगा, बहुत हुआ बारामुला-बंबई खेल। और रुख़साना ने सईद के बारे में बतला दिया। सबने माथा पीट लिया, शोर मच गया, कोई कुछ कह रहा है, कोई कुछ।

अम्मी रोए चली जा रही हैं—तूने मेरा भरोसा तोड़ दिया। अब सवाल पूछे जा रहे हैं—सुन्नी है ? बाप का क्या बिजनेस है ? कितना बड़ा घर है ? कितने नौकर-चाकर हैं ? क्या कुछ दे सकते हैं तुम्हें ? लड़का कितना कमाता है ? सिर झुकाए रुख़साना जवाब देने की कोशिश कर रही है। फिर सब मिलकर फैसला सुना देते हैं—"हमारे जीते-जी सईद से शादी नहीं हो सकती।"

लेकिन शादी हो गई। पहली ही पोस्टिंग नासिक। न यहाँ पहाड़ हैं, न समंदर, फिर एक प्यारी सी मुस्कान, यहाँ सईद है। सईद उसके लिए हर संभव सुविधा जुटा रहा है। वह कोकम सोलकढ़ी बनाना और चावल के साथ खाना सीख रही है। खारे पानी की मछली पकाना और खाना सीख रही है। कश्मीरी मशरूम उसे बहुत पसंद है, लेकिन सईद नहीं खाता, इसलिए रुख़साना ने भी उसे भुला दिया है। दो साल में बंबई में पोस्टिंग मिल गई, दोनों ख़ुश हैं। हालाँकि आंटी के बग़ैर बंबई बिल्कुल सूना है।

1 मई, 1985—ज़िंदगी गुलज़ार हो गई, जब अश्विनी हॉस्पिटल में डॉ. मंगेशीकर ने सईद के हाथों में उसका बेटा दिया। अब अम्मी, अब्बू और रहबर प्यारी सी दुनिया।

□

1987 से कश्मीर में आतंकवाद सिर उठाने लगा है। रुख़साना परेशान है। उसने अपने अब्बू से पार्टिशन के समय के दिल दहलानेवाले क़िस्से सुने हैं। अब्बू तब 16-17 साल के थे, उन्होंने देखा था कि हिंदू, मुसलमान, सिख सभी वहशी दरिंदे बन गए थे। रुख़साना के दादा का कालीन का बहुत बड़ा व्यापार था। उन्होंने अनेक हिंदू, मुसलमान और सिख परिवारों को पनाह दी थी। कश्मीर में मुसलमानों की आबादी ज़्यादा थी, इसलिए ख़तरा कम ही था, लेकिन 22 अक्तूबर, 1947 के दिन पाकिस्तानी सेना ने कबाइलियों के साथ मिलकर जम्मू-कश्मीर पर हमला कर दिया, वे कश्मीर हथियाना चाहते थे, बारामुला पहुँचकर इन लोगों ने हत्या, लूट-खसोट, बलात्कार का जो वहशी खेल खेला, उसे याद कर आज भी जम्मू-कश्मीर के लोग सिहर उठते हैं। करीब बीस हज़ार हिंदू, मुसलमान और सिखों की हत्या हुई। बारामुला में कोई ऐसा परिवार नहीं बचा था, जहाँ इन दरिंदों ने किसी की जान न ली हो। अब्बू ने अपनी आँखों से देखा

था अपने चाचा को ख़ून में लथपथ, तड़प-तड़पकर मरते हुए। अब्बू की छोटी चाची को वे लोग घसीटकर ले जा रहे थे, छोटी चाची की चीख़ें बरसों तक अब्बू के कानों में गूँजती रही थीं। बहुत ढूँढ़ा था बाद में, लेकिन छोटी चाची का कहीं कुछ पता नहीं चला। अब्बू बताते थे, ये लोग बारामुला में कई दिनों तक मारकाट करते रहे। उन लोगों की आँखों में, आवाज़ में, हरकतों में इतना वहशीपन था कि बरसों तक अब्बू रात-रात भर सो नहीं पाते थे। बच्चे, जवान, बूढ़े हज़ारों की संख्या में मारे गए, हज़ारों जवान लड़कियाँ, महिलाएँ इनकी हवस का शिकार बनीं, लापता हुईं, मारी गईं। लोगों के घर लूटे गए। कहते हैं करीब 250-300 ट्रक भरकर ये लोग लूट का माल पाकिस्तान ले गए। इन लोगों ने दरवाज़ों के हैंडल तक नहीं छोड़े थे।

पूरा बारामुला उजड़ गया था, कब्रिस्तान में बदल गया था। भला हो मक़बूल शेरवानी का, जिसने उन आततायियों को श्रीनगर का ग़लत रास्ता बतलाया, जिसकी वजह से वे सभी तीन-चार दिनों तक पहाड़ों में भटकते रहे। अगर मक़बूल शेरवानी उन्हें ग़लत रास्ता न बताता, अगर 26 अक्तूबर महाराजा हरि सिंह अधिमिलन-पत्र पर हस्ताक्षर न करते, अगर 27 अक्तूबर माउंटबेटन हस्ताक्षर कर उसे स्वीकार न करते, अगर अगले ही दिन नेहरू सरकार भारतीय फ़ौज न भेज देती तो पाकिस्तान ने श्रीनगर को भी हथिया लिया होता। 1947 के घाव आज भी नहीं भरे हैं। हमारा आधे से ज़्यादा कश्मीर पाकिस्तान ने अवैध तरीके से अपने कब्ज़े में रखा है। रुख़साना परेशान है। अब यह क्या नई क़यामत आ गई है ? अब अपने ही कश्मीरवासियों के भीतर यह क्या ज़हर बोया जा रहा है ?

रुख़साना से रहा न गया। वह तीन साल के रहबर के साथ कश्मीर पहुँच गई। सईद की पोस्टिंग उन दिनों असम में थी। रहबर को देखते ही सबके गिले-शिकवे दूर हो गए।

यह तो पूरा कश्मीरी है, कहीं भी बंबई की छाप नहीं।

पर ये कितना पुराना नाम रख दिया तुम लोगों ने!

बंबई वाले ऐसे ही नाम रखते हैं ?

रुख़साना ने मुस्कुराते हुए कहा, "भाभी जान! ये नाम मैंने रखा है। मेरा, आपका, इस दुनिया का रहबर है यह, सभी को नया रास्ता दिखलाएगा।"

अम्मी तो नए सिरे से ख़ूब मशरूफ़ हो गई हैं। रहबर भी सबसे ऐसा हिल-मिल गया है, मानो हमेशा से यहीं का रहा हो। अम्मी पूछती हैं, "ख़ुश है न! मुझे सईद से शिकायत नहीं मेरे बच्चे, चिंता यह है कि कश्मीर से बाहर शादी कर तूने अपने आप को, अपने बेटे को कश्मीर से दूर कर दिया है।"

रुख़साना कुछ समझी नहीं। अम्मी ने बतलाया कि ग़ैर कश्मीरी से शादी करने के कारण रुख़साना अब कश्मीर की नहीं रही, अब न तो उसे यहाँ कोई मकान ख़रीदने का हक रहा, न व्यापार, नौकरी करने का।

रुख़साना ने लापरवाही से कहा, "अम्मी, मैं सईद के साथ बहुत ख़ुश हूँ। यहाँ आकर बसने का कोई इरादा नहीं है।"

□

नासिक, मुंबई, असम, सिक्किम और फिर कश्मीर। 1997 में सईद की पोस्टिंग कश्मीर में हो गई। रुख़साना और रहबर फ़िलहाल सिक्किम में ही रह रहे हैं। पिछले कुछ वर्षों से रुख़साना बारामुला जाने से कतराती रहती है। माहौल कुछ ऐसा हो चला है कि वापस लौटने पर रहबर के सवालों का जवाब देना मुश्किल हो जाता है।

सईद आजकल कुपवाड़ा में है। दिसंबर-जनवरी का महीना, आए दिन बर्फ़ गिरती रहती है। सईद का ख़त आया है, लिखा है—"तुम्हारा कश्मीर तो मुझे ठंड से ही मार देगा। यहाँ की ठंड तो सीधे हड्डियों में घुस जाती है, जिस्म अकड़ जाता है। ले. कर्नल सईद को तो बेग़मजान और शहजादे की यादें ही गरमाहट देती हैं।"

श्रीनगर, कुपवाड़ा, अनंतनाग, शोपियाँ, बारामुला इन जगहों पर आतंकवादियों की हरकतें बढ़ती जा रही हैं। भारतीय सेना पर हमला करने का कोई मौक़ा नहीं छोड़ते ये लोग। जवान-जवान लड़के हाथों में किताबों की जगह बंदूकें लिये घूम रहे हैं। क्यों हो रहा है ये सब मेरे कश्मीर में? आए दिन सईद इनसे टकराता है? एक दिन बता रहा था, "अभी तो इनकी मूँछें भी नहीं फूटी हैं और बंदूक थामे खड़े हैं, हमारा तो इन्हें मारने का मन भी नहीं करता।" आतंकवादी किसी पर रहम नहीं करते। आए दिन आम जनता मारी जा रही है। उस दिन पता चला कि एक इमारत में चार-पाँच आतंकवादी छिपे बैठे हैं।

भारतीय फ़ौज ने इमारत से सिविलियंस को सुरक्षित बाहर निकाला और चार आतंकवादियों को मार गिराया। इस पूरे ऑपरेशन में ले. कर्नल सईद शहीद हो गए। रुख़साना टेलीविज़न पर देख रही है। घर का फ़ोन लगातार घनघना रहा है।

जनवरी 1999, तिरंगे में लिपटा ताबूत—ले. कर्नल सईद, 21 तोपों की सलामी, फूलों के हार, चंदन के हार, जय-जयकार, उसे कसकर अपनी बाँहों में थामे खड़ा रहबर, हर थोड़ी देर में कह रहा है—"अम्मी, अब्बू हैज़ सेव्ड सिविलियंस, ही हैज़ किल्ड टेरिरिस्ट्स, अ ब्रेव मैन। अम्मी, शहीद ले. कर्नल सईद की ब्रेव वाइफ़ हो तुम।"

रुख़साना जान रही है ये बातें रहबर उससे नहीं, अपने आप से कह रहा है। बमुश्किल फूलों के बीच चमकते चेहरे पर नज़र पड़ी, "रुख़साना मेरी जान!" अब कुछ याद नहीं, कुछ दिखाई नहीं दे रहा, कुछ समझ में नहीं आ रहा। ऑफ़िसर्स जैसा कह रहे हैं, वह यंत्रवत् करती चली जा रही है।

फ़ोर्सेस वालों का अपना बहुत बड़ा परिवार होता है, कोई माँ-बेटे को अकेले छोड़ने तैयार नहीं, कौन खाना ला रहा है, कौन पानी पिला रहा है, नहीं जानती।

एक दिन सईद ने उससे कहा, 'ये क्या पागलपन है रुख़साना! ले. कर्नल सईद की बीवी हो तुम, इतनी कमज़ोर तो तुम कभी नहीं थीं। हम दोनों ने रहबर से वादा किया है कि उसे डॉक्टर बनाएँगे। मुझे माफ़ करना बेग़म, ज़रा जल्दी एग्ज़िट ले ली, अब पूरी ज़िम्मेदारी तुम्हारे कंधों पर है, शो मस्ट गो ऑन।' रुख़साना तड़पकर उठ बैठी। नए सिरे से ज़िंदगी शुरू करनी होगी। लेकिन कैसे?

रुख़साना को कुछ समझ में नहीं आ रहा है। "सईद तुमने तो कभी न छोड़ने के लिए हाथ थामा था, फिर क्यों किया ऐसा?"

"तुम समझी नहीं, मेरा सिग्नल बदल गया, आगे जाना पड़ा, अब तुम्हें पूरा रास्ता सँभलकर चलना है।"

"अकेले कैसे चलूँ, सईद?"

"अकेली कहाँ हो तुम? बेग़मजान, पहले मैं तुम्हारे साथ रहता था। अब तुममें रहने लगा हूँ।"

फ़ज़ल भाईजान और भाभी दूसरे ही दिन सिक्किम पहुँच चुके थे। अम्मी,

भाई-भाभी सभी के रोज़ फ़ोन आ रहे हैं—बारामुला चली आओ। अब फ़ज़ल भाई ने दो दिन की मोहलत दी है, पैकिंग करो और चलो।

□

अम्मी से गले मिलते ही सारे बाँध टूट गए। माँ-बेटी रो-रोकर बेहाल हो गईं। बड़े भाईजान ने डाँट-डपटकर चुप कराया। अम्मी ने रुख़साना का कमरा तैयार रखा था। रहबर स्कूल जाने लगा। दसवीं का इम्तिहान देना है इस साल। रुख़साना भाइयों के विरोध के बावजूद अपने लिए नौकरी ढूँढ़ने निकल पड़ी। उसने एम.बी.ए. किया है, अच्छी नौकरी मिल ही जाएगी। लेकिन नहीं! रुख़साना किस ख़ुशफ़हमी में जी रही थी! यह उसका कश्मीर नहीं है या कहें कि अब वह कश्मीर की नहीं है, उसने ग़ैर पी.आर.सी. वाले से निकाह जो कर लिया था। बेरहम जम्मू-कश्मीर अपनी बेटियों को उनका हक नहीं देता। हर जगह एप्लिकेशन में मैरिटल स्टेटस के साथ निकाह किससे किया है, इसका ब्योरा भी देना होता है। जैसे ही पता चलता है, वह ग़ैर पी.आर.सी.वाले की ब्याहता है, नौकरी के दरवाज़े बंद हो जाते हैं। मामूली नौकरी वह करना नहीं चाहती। उसने हमेशा अपनी ज़िंदगी अपनी शर्तों पर पूरी इज़्ज़त के साथ जीना सीखा है, कीड़े-मकौड़ों की तरह वह नहीं जी सकती। मामला पेचीदा होता जा रहा है।

कभी-कभी लगता है, चौराहे पर खड़ी होकर चिल्लाए, "मैं इसी जम्मू-कश्मीर की बेटी हूँ, मेरे शौहर ले. कर्नल सईद ने इसी जम्मू-कश्मीर के लोगों की हिफ़ाज़त के लिए शहादत दी है। मुझे मेरे अधिकार क्यों नहीं देते?"

कुछ समय बाद रुख़साना को पेंशन मिलनी शुरू हो गई, फ़ंड्स मिल गए हैं। वह चाहती है अपने परिवार के आसपास अपने लिए मकान बनवा ले, लेकिन जम्मू-कश्मीर की सरकार के नियमों के तहत वह यहाँ ज़मीन नहीं ख़रीद सकती, मकान नहीं ले सकती। उसके अपने पुश्तैनी मकान पर भी अब उसका कोई हक़ नहीं है। अम्मी चाहती हैं कि उनके जीते-जी रुख़साना अपने पैरों पर खड़ी हो जाए, लेकिन यह काम तो आसमान से तारे तोड़कर लाने जैसा मुश्किल होता जा रहा है। रहबर बारहवीं में पहुँच चुका है। साइंस लिया है उसने, अगले साल मेडिकल कॉलेज में दाखिला लेना होगा, लेकिन यहाँ तो ऐसे कोई आसार नज़र नहीं आ रहे।

तभी 2002 जम्मू-कश्मीर उच्च न्यायालय ने एक ऐसा फैसला सुनाया,

जिसे सुनकर राज्य की महिलाओं के चेहरे खिल उठे, रुख़साना को भी उम्मीद की किरणें नज़र आने लगीं। 1979 में डॉ. सुशीला सहान्वे ने मेडिकल कॉलेज में असिस्टेंट प्रोफ़ेसर की पोस्ट में प्रमोट न किए जाने के लिए डॉ. मदान पर केस दायर किया था। कारण दिया गया था—डॉ. मदान का विवाह पी.आर. सी. होल्डर से न होना। 2002 में जाकर जम्मू-कश्मीर उच्च न्यायालय ने डॉ. मदान के हक में फैसला सुनाया। यानी आज़ादी के बाद दशकों से जो अत्याचार जम्मू-कश्मीर की महिलाओं पर किया जा रहा था, वह अब 2002 में जाकर ख़त्म हुआ। रुख़साना ने चैन की साँस ली। अब सम्मानजनक नौकरी पाई जा सकती है, मकान ख़रीदा जा सकता है, लेकिन फिर पता चला कि ये फ़ैसला केवल महिलाओं के लिए है, उनके बच्चों को कोई अधिकार नहीं दिए जाएँगे। न वे प्रोफ़ेशनल कॉलेज में पढ़ सकते हैं, न व्यापार कर सकते हैं, न नौकरी पा सकते हैं, न जगह-ज़मीन ख़रीद सकते हैं, न वोट दे सकते हैं तो फिर माँएँ इस जम्मू-कश्मीर में रहकर क्या करेंगी? कितना बेरहम है यह जम्मू-कश्मीर? कोई तो तोड़ होगा! कोई तो राह होगी।

रहबर का रिज़ल्ट आ गया है। उसके बारहवीं साइंस में 90 प्रतिशत मार्क्स आए हैं, मेडिकल एंट्रेस एग्ज़ाम लिस्ट में पहले दस में उसका नाम है, लेकिन जम्मू-कश्मीर मेडिकल कॉलेज में उसे एडमिशन नहीं मिल सकता।

"सईद, मैं क्या करूँ? लोग समझते हैं जम्मू-कश्मीर में मुसलमानों के हक़ महफ़ूज हैं, मुसलमान बड़े चैन से जी रहे हैं, जबकि सच यह है कि हमारी यहाँ कोई नहीं सुनता।" तीनों भाई भाग-दौड़ में लगे हुए हैं कि रहबर को मेडिकल कॉलेज में दाखिला दिला सकें, लेकिन कोई संभवना नज़र नहीं आती। क्या करें, अपनी बहन को, उसके होनहार बेटे को उनका हक़ कैसे दिलाएँ?

हमेशा चहकने वाला ज़हीन रहबर आजकल गुमसुम रहने लगा है। एक दिन रुख़साना ने देखा, सईद की तस्वीर के आगे डबडबाई आँखें लिये रहबर बोल रहा है, "अब्बा, इसी कश्मीर के लोगों को बचाने आप मुंबई से कश्मीर आए थे? इन्हीं बेग़ैरतों के लिए आप शहीद हुए थे? यह जम्मू-कश्मीर तो आपकी बीवी और बेटे को जगह-ज़मीन, नौकरी, पढ़ाई-लिखाई कुछ भी देने को तैयार नहीं है। अब्बा, मैं डॉक्टर बनना चाहता हूँ, मैं क्या करूँ? कश्मीरी

हसबैंड होने के कारण पाकिस्तानी, बांग्लादेशी, अमेरिकन, यूरोपियन सभी लेडीज़ को पी.आर.सी. मिल जाती है, लेकिन कश्मीरी बेटी बाहर शादी कर ले, इन्हें मंजूर नहीं है। अब्बा, अपनी बहन-बेटियों को ये लोग इतना बेइज़्ज़त क्यों करते हैं? जो इन्सान इनकी हिफ़ाज़त के लिए अपनी जान दे दे, ये उसके परिवार को भी हक़ नहीं दे सकते! बस एक बार डॉक्टर बन जाऊँ, फिर मैं अम्मी को कोई तकलीफ़ नहीं होने दूँगा।"

रुख़साना क्या करे! जम्मू-कश्मीर की बहरी सरकारें तो कुछ करने से रहीं। तो वापस मुंबई चली जाए? लेकिन मैदान छोड़कर भाग खड़ी हुई तो फिर ले. कर्नल सईद की बीवी कैसे कहलाएगी? उस जैसी हज़ारों महिलाओं की समस्या है यह, किसी को तो राह बनानी होगी, मशाल जलानी होगी!

□

लहूलुहान गोरखा

सन् 1817 की एक ढलती शाम, महाराजा रणजीत सिंह का शस्त्रागार। भाला-बरछा, तीर-कमान, ढाल-तलवार, बंदूक-बारूद, उसकी पैनी नज़र एक दीवार से दूसरी दीवार तक घूमती-परखती, फिर वह सधे क़दमों से आगे बढ़ता, अपनी छोटी-छोटी मिचमिचाती आँखों को झपकाता, हाथ की जलती मशाल एक कोने से दूसरे कोने तक घुमाता, फिर आगे बढ़ता। धीरे-धीरे आगे बढ़ते-बढ़ते वह विशाल द्वार तक पहुँच गया। आठ साथियों की मदद से उसने विशाल द्वार बंद करने की प्रक्रिया शुरू की। द्वार बंद होने की आवाज़ से दूर-दराज़ पेड़ों पर बैठी चिड़ियाँ चहचहाती हुई उड़ गईं। उसने ताला-जँगला एक बार फिर से जाँचा और फिर पास के एक बड़े से पत्थर पर मुस्तैदी से बैठ गया।

शाम के धुँधलके में वह विशालकाय द्वार बड़ा रहस्यमयी लग रहा था, रहस्यमयी और भयावह। इन अस्त्र-शस्त्रों ने अनेक युद्ध जीते हैं और अभी अनेक-अनेक युद्ध और जीतने हैं। ईस्ट इंडिया कंपनी भी थर्राती है महाराजा रणजीत सिंह से, उनकी सेना से। मशाल की रोशनी ठीक उसके चेहरे पर पड़ रही थी—गोरा रंग, छोटी-छोटी आँखें, भौंहें तो परले सिरे से नदारद, उभरे हुए गाल, छोटा सा क़द, गठा हुआ बदन—मैं इसे और इसके भाई-बाँधवों को बड़ी अच्छी तरह पहचानता हूँ। सन् 1814 से 1816 तक चला था नेपाल में गोरखों और ईस्ट इंडिया कंपनी का युद्ध। अंग्रेज़ों की तोपें और बंदूकें तथा वीर योद्धा गोरखों की खुखरी और तलवारें। हार स्वीकार करना मुश्किल था, बहुत मुश्किल। अपमान न सह सके ये रणबाँकुरे। कुछ हिमाचल की तरफ़ निकल गए

तो कुछ पूर्वोत्तर सीमाओं पर, कुछ देहरादून की तरफ़ निकले तो कुछ जम्मू-कश्मीर की तरफ़। रात गुज़र रही थी, पंछी अपने पंखों में चोंच गड़ाए सो रहे थे, पेड़ भी ऊँघने लगे थे, हवाएँ सुस्त थीं, केवल एक चाँद था, जो धीरे-धीरे पश्चिम की ओर बढ़ रहा था। अचानक 'धप्प' आवाज़ आई—चीते की-सी चपलता के साथ, हाथ में खुखरी लिये वह दौड़ा। कुछ ही पलों में मुस्कुराता हुआ लौट आया। एक झबरा कुत्ता दीवार पर से कूदा था। उसे अपने गाँव का कालू याद आ गया। रात के वक़्त सिर्फ़ चमकती दो आँखें ही दिखती थीं, बस! और फिर तो सारा घर-परिवार आँखों के आगे तैर गया। अगले महीने वह पिता बन जाएगा। अपने बेटे का नाम 'जंगबहादुर' रखेगा। उसके चेहरे पर एक प्यारी-सी मुस्कान आ गई। 'भावनाओं में बहने का वक़्त नहीं है यह'—वह तनकर बैठ गया। महाराजा रणजीत सिंह एक तेज़-तर्रार योद्धा, एक कुशल शासक हैं। उन्होंने अपने राज्य में आए गोरखों को बड़े प्यार और जतन से रखा है। बड़ी कदर करते हैं महाराजा, गोरखों की, उनकी बहादुरी की।

जंगबहादुर वास्तव में बड़ा बहादुर योद्धा है। बहादुरी इन गोरखों के डी.एन.ए. में है। सारा जम्मू-कश्मीर गर्व करता है जंगबहादुर और उसके जैसे अनेक-अनेक गोरखों पर। इसी बहादुरी के चलते जम्मू-कश्मीर के राजाओं ने इन्हें 'पट्टे' दिए, जागीरें दीं, कई चौकों के नाम इनके नाम पर रखे गए। ज़ोरावर सिंह के नेतृत्व में ये गोरखा योद्धा लड़ते-लड़ते तिब्बत तक पहुँच गए और चीनियों के दाँत खट्टे कर दिए। एक वह भी दौर था, जब पैरों में पहनने के लिए जूते तक नहीं थे। घास के जूते बाँधे, उस ठंड में किश्तवाड़ से लद्दाख और बल्टिस्तान तक पहुँच गए ये रणबाँकुरे। मैंने दोनों विश्व युद्धों के दौरान इन गोरखों के बलिदान को देखा है। पहले विश्व युद्ध में जंगबहादुर के दोनों वीर-बहादुर पोतों का शहीद हो जाना मुझे बहुत पीड़ा दे गया था। युद्ध में फ्रांस जाने से पहले दोनों भाइयों ने मिलकर बुजुर्ग जंगबहादुर का जन्मदिन मनाया था। बकरा कटा था, शराब बही थी, पूरा कुनबा, सारा गाँव साथ मिलकर जश्न मना रहा था। महीनों बाद बक्सों में लौटे थे दोनों पोते। साथी बता रहे थे कि दोनों के सीने छलनी कर दिए थे जर्मनों ने, लेकिन आख़िरी दम तक दोनों भाई बंदूक थामे डटे रहे थे। जवान पोतों का जाना बूढ़ा जर्जर तन और मन सह न पाया, दूसरे ही

दिन जंगबहादुर भी अपने पोतों की राह निकल पड़ा।

सन् 1947 तक जम्मू-कश्मीर में गोरखों को अच्छा जीवन जीते देखा है मैंने। कर्नल, ब्रिगेडियर, जनरल तक के ओहदों तक पहुँच गए थे ये गोरखे, लेकिन भारत देश की आज़ादी विभाजन का ज़हर लेकर आई। चारों तरफ़ हिंसा और लूट का तांडव चल रहा था। जम्मू-कश्मीर भी इससे अछूता न रहा। गोरखों को एक बार फिर पलायन और विस्थापन झेलना पड़ा। कुछ पूर्वोत्तर सीमा की तरफ़ गए तो कुछ हिमाचल, कुछ पंजाब, तो कुछ गढ़वाल-कुमाऊँ। रामसिंह, धनसिंह, रुद्रप्रताप, तेजप्रताप, रणदीप सिंह जैसे अनेक-अनेक गोरखा जो जम्मू-कश्मीर में रह गए हैं, सभी परेशान हैं। यहाँ के करीब 95 प्रतिशत गोरखा पुरुष फ़ौज में हैं, छुट्टियों में जब घर आते हैं, तब पता चलता है, उनके परिवारजनों से कहा जा रहा है, 'नेपाल चले जाओ।' पिछली 5-6 पुश्तों से जो यहीं जन्मे हैं, बसे हैं, उनसे कहा जा रहा कि नेपाल चले जाओ। इन लोगों ने न नेपाल देखा है, न जाना है, तो कैसे चले जाएँ? क्यों चले जाएँ? रुद्रप्रताप का ख़ून खौल रहा है, अपने लोगों से कह रहा है, "ये लोग तो अपना, हमारा इतिहास ही भूल गए हैं।"

गोरखों ने हमेशा जम्मू-कश्मीर की रक्षा की है। 22 अक्तूबर, 1947 के दिन जब पाकिस्तानी सेना ने 6,000 सैनिकों और पठान कबाइलियों के साथ जम्मू-कश्मीर पर हमला बोल दिया था, तब उनका सामना करनेवालों में गोरखा भी थे। पाकिस्तानी सेनाएँ श्रीनगर तक पहुँचने वाली थीं, वह गोरखा ही था, जिसने पानी में छलाँग लगाई, तैरता हुआ महाराजा हरिसिंह तक पहुँचा, सारी स्थिति समझाई। चूँकि तब तक जम्मू-कश्मीर का भारत से अधिमिलन नहीं हुआ था, इसलिए महाराजा हरिसिंह द्वारा मदद माँगने के बावजूद भारत कोई क़दम न उठा पाया। ऐसे में ब्रिगेडियर राजिंदर सिंह ने महाराजा को युद्ध में जाने से रोका और ख़ुद केवल 110 सैनिकों की टुकड़ी लेकर मुजफ़्फ़राबाद की ओर निकल पड़े। वहाँ उन्होंने बड़ी सूझबूझ से उरी ब्रिज को बम से उड़ा दिया, जिसकी वजह से दुश्मन आगे न बढ़ पाया। 4 दिनों तक यह पराक्रमी योद्धा अपने पराक्रमी सैनिकों के साथ मिलकर पाकिस्तानी सेना को रोकने में सफल रहा। अंततः 26 अक्तूबर, 1947 के दिन महाराजा ने अधिमिलन-

पत्र पर हस्ताक्षर कर जम्मू-कश्मीर को भारत में शामिल कर दिया और 28 अक्तूबर को हवाई जहाज से भारतीय सेना श्रीनगर पहुँच गई, लेकिन दुर्भाग्यवश उसी दिन ब्रिगेडियर राजिंदर सिंह युद्धभूमि में लड़ते हुए शहीद हो गए। यदि इस महान् योद्धा ने अपने जाँबाज़ सिपाहियों के साथ मिलकर 4 दिनों तक पाकिस्तानी फ़ौज को रोका न होता तो जम्मू-कश्मीर पाकिस्तान के कब्ज़े में चला जा जाता। भारत के एकीकरण में जिन लोगों ने महत्त्वपूर्ण योगदान दिया, उनमें स्वतंत्र भारत में सर्वप्रथम 'महावीर चक्र' से सम्मानित होनेवाले ब्रिगेडियर राजिंदर सिंह का नाम अमर है। इस तरह महाराजा हरि सिंह की फ़ौज ने सरहद को बचाया था।

रुद्रप्रताप और उसके साथियों को उन लोगों से भी बड़ी शिकायत है, जो यह कहकर भ्रम फैलाते हैं कि गोरखा 1950 में डॉक्टर कर्णसिंह के दहेज में आए। ये ठीक है कि डॉक्टर कर्णसिंह का विवाह नेपाल की राजकुमारी से हुआ, परंतु इस विवाह का भारतीय गोरखों से क्या लेना-देना? इन मूर्खों को कौन समझाए कि जम्मू-कश्मीर में गोरखा सन् 1816-1817 से रह रहे हैं। जम्मू-कश्मीर के श्रीनगर में आज भी आपको मगरबल मोहल्ला मिलेगा, जो 'मगर' तथा 'बल' गोरखों की दो उपजातियों का परिचायक है और आज भी बादामी बाग, कैंटोनमेंट एरिया से ज़्यादा दूर नहीं है। भारत के गोरखा नेपाल और नेपाली नहीं जानते। ये गोरखा हैं और गोरखाली बोलते हैं।

रुद्रप्रताप के दोनों बेटे फ़ौज में हैं। दोनों बेटियों की शादी हो चुकी है, दोनों दामाद फ़ौज में हैं। उनकी अपनी ससुराल के सभी पुरुष फ़ौज में हैं और इस बात का बड़ा गर्व है रुद्रप्रताप को। बावजूद इसके मन में एक बोझ सा लिये घूमता है कि अनेक पुरस्कारों से सम्मानित गोरखा परिवारों को जम्मू-कश्मीर में कोई सम्मान नहीं मिलता। सूबेदार भक्त बहादुर के साथ उसका उठना-बैठना है। वह उनके प्रयासों में बढ़-चढ़कर शामिल होता है। अनेक प्रयासों के बाद सन् 1960 में ज़म्मू-कश्मीर के प्रधानमंत्री बख़्शी ग़ुलाम मोहम्मद ने जम्मू के पहाड़ी इलाक़े में गोरखों को ज़मीन दी। पहाड़ी इलाक़ा और पास में बहती तवी नदी, गोरखा समुदाय प्रसन्न है, सारे जम्मू में फैले हुए गोरखा इसी इलाक़े में आ गए, घर बनने शुरू हो गए। बुज़ुर्गों ने राहत की साँस ली कि अब हमारी अपनी

पहचान है। रुद्रप्रताप को ऐसा लगा, मानो उसने अपने पड़दादा जंगबहादुर के सीने पर एक और स्वर्ण पदक लगा दिया।

फ़ौज से इस बार महेंद्र कुमार छुट्टियों में घर आया तो यह सुनकर हैरान रह गया कि गोरखा फ़ौज में, बी.एस.एफ. में, सी.आर.पी.एफ. में नौकरी नहीं पा सकते। यह कैसे संभव है? गोरखा तो जन्मजात योद्धा हैं, उन्हें कोई कैसे रोक सकता है? जल्द ही सूबेदार महेंद्र कुमार को सच्चाई का पता लग गया। जम्मू-कश्मीर की सरकार ने तय कर लिया है कि जिनके पास पी.आर.सी. नहीं है, वे जम्मू-कश्मीर के स्थायी निवासी नहीं हैं, इसलिए उन्हें कोई केंद्र सरकारी या राज्य सरकारी नौकरी नहीं दी जाएगी। लगभग दो सदियों से जम्मू-कश्मीर में रहनेवाले गोरखों को यहाँ की सरकार जम्मू-कश्मीर का नहीं मानती? पी.आर.सी. कहाँ से लाएँ? 1957 में कुछ पढ़े-लिखे गोरखों ने, जिनके पास स्टेट सब्जेक्ट था, पी.आर.सी. बनवा ली थी, लेकिन जिन परिवारों के पुरुष फ़ौज में थे, उन लोगों ने इस बात पर ध्यान नहीं दिया था, कई जगह स्टेट सब्जेक्ट होने के बावजूद असंवैधानिक 35ए के कारण पी.आर.सी. नहीं दिया गया। इन लोगों से 1951 की वोटिंग लिस्ट माँगी गई। संभव है, फ़ौज में होने के कारण ये मतदान ही नहीं कर पाते थे, सो इन्हें पी.आर.सी. भी नहीं दिया गया। जो अनपढ़ थे, उन बेचारों को तो ये बातें समझ में ही नहीं आई थीं। सो अब गोरखा जम्मू-कश्मीर के अवैध रहिवासी हो गए हैं!

महेंद्र कुमार को अपने दादा का ज़माना याद आ गया। वे महाराजा के एडीसी थे। महेंद्र कुमार का पूरा परिवार महल में ही रहता था। 800-900 कनाल तक फैले फलों के बग़ीचे थे दादाजी के। दादाजी उस जमाने में बग्गी में चलते थे, उनकी बग्गी के पीछे-पीछे जो दौड़ा करते थे, आज ऊँचे-ऊँचे ओहदों पर हैं और दादाजी का परिवार...। उन दिनों ज़िंदगी गुलज़ार थी। पिता पुलिस में थे, बच्चे धीरे-धीरे बड़े हो रहे थे, अब उन्हें स्कूल भेजना होगा। नवगाँव से 8-9 किलोमीटर दूर था स्कूल। माँ अपने बच्चों को दूर भेजने को बिल्कुल तैयार नहीं थी और पिताजी भी अपने बच्चों को अपने अनुशासन में रखते हुए पढ़ाना चाहते थे। तय हुआ कि स्कूल के आसपास ही कहीं रहने चले जाएँ। अचानक सारी ज़िंदगी ही बदल गई। महलों की सुविधाएँ, ऐशो-आराम,

बेफ़िक्री की दिनचर्या सब ख़त्म। महेंद्र कुमार कुछ समझ नहीं पा रहा था। 'अर्श से फ़र्श' का यह सफ़र पूरे परिवार के लिए एक चुनौती था। खान-पान, रहन-सहन, उठना-बैठना, मित्र-मंडली सभी कुछ नया-नया लग रहा था। ईश्वर ने भी मानव नाम का प्राणी बड़ा अजीबोग़रीब बनाया है, जहाँ रहने लगता है, वहीं के रंग में रँग जाता है और बच्चे तो बड़ी जल्दी नए माहौल में ढल जाते हैं। महेंद्र कुमार अब ढल चुका था इस नए माहौल में, उसने भी सोच लिया था कि बड़े भाई की तरह फ़ौज में जाएगा, महेंद्र कुमार फ़ौज में भर्ती हो गया। सन् 1965 और 1971 की लड़ाइयाँ भी लड़ीं। पारिवारिक 'फ्रंट' पर भी अपनी ही तरह की जंग चलती रही। फ़ौज में अपनी नौकरी में बहुत प्रसन्न था महेंद्र कुमार। सुबह चार बजे से रात नौ बजे तक की निश्चित दिनचर्या। कलकत्ता, उत्तराखंड, अरुणाचल, लद्दाख, पुंछ की पोस्टिंग। 1971 वाले युद्ध में पूर्वी पाकिस्तान को दुनिया के नक़्शे से ही मिटा देने का गर्व। फ़ौजी ज़िंदगी के अनेक रोमांचक क़िस्से हैं महेंद्र कुमार के पास। लेकिन जम्मू-कश्मीर में अपनी पहचान बनाने की लड़ाई में बुरी तरह हार गया वह।

महेंद्र कुमार की बेटी शालिनी हमेशा से बहुत अच्छी हॉकी खेलती रही है। अपने कॉलेज टीम की कैप्टन रही है शालिनी। बाप-बेटी का सपना है, शालिनी अपने देश के लिए हॉकी खेलेगी। जम्मू-कश्मीर में एक इंस्टीट्यूशन खोलेगी, ताकि यहाँ की लड़कियाँ बढ़िया हॉकी खेलना सीख सकें।

लेकिन जब सिलेक्शन कैंप में पहुँच फ़ॉर्म भरने की बारी आई तो कहा गया—"फ़ॉर्म के साथ पी.आर.सी. की कॉपी लगाओ।"

सूबेदार महेंद्र कुमार ने कहा, "खेल के मैदान में पी.आर.सी. न लाएँ। बच्ची के खेल के सर्टिफ़िकेट्स, मेडल्स देखिए।"

सरकारी कामकाजों में न तो भावनाओं के लिए जगह होती है और न ही तर्क-वितर्क के लिए। नियम नियम होता है, उसके आगे इन्सान की कोई हस्ती नहीं होती। मन में ग़ुस्सा और आँखों में आँसू लिये दोनों घर लौट आए। अपने ही देश में इतना बेगाना है वह? कोई हस्ती नहीं उसकी? घर लौटकर अलमारी में सजी अपने बड़े भाई की तस्वीर निहारता रहा वह। उन्हें मरणोपरांत 'वीरचक्र' मिला था।

महेंद्र कुमार बुदबुदा रहा था, "भाईजी, पहली बार लग रहा है, अच्छा हुआ, आपकी कोई संतान न हुई, वरना वीरचक्र से सम्मानित बहादुर गोरखा की संतान को जम्मू-कश्मीर में तो कोई नौकरी मिलने से रही। तो अब?

"ये कैसी अँधेरी सुरंग में धँसता चला जा रहा हूँ मैं। सुरंग का दूसरा सिरा नज़र ही नहीं आ रहा है। जितना आगे जा रहा हूँ, अँधेरा घना होता जा रहा है। मेरी बेटी का क्या होगा? दोनों बेटे जवान हो रहे हैं, अपने दादा की तरह जम्मू-कश्मीर पुलिस में भर्ती होने का सपना देख रहे हैं। उनके सपने सपने ही रह जाएँगे पी.आर.सी. के बग़ैर? कोई तो राह होगी!"

महेंद्र कुमार और उसकी पीढ़ी के सभी गोरखा देख रहे हैं कि जम्मू-कश्मीर में उनकी स्थिति बद से बदतर होती जा रही है। सन् 1960 में उन्हें ज़मीन मिली थी। वहाँ मकान बने और अब पता चला कि वह ज़मीन उनके नाम नहीं है, एक भय सताता रहता है कि उन्हें कभी भी बेदख़ल किया जा सकता है। सन् 1960 से 2018 तक पहुँचते-पहुँचते उनके परिवार बढ़े हैं, जनसंख्या बढ़ी है, लेकिन पी.आर.सी. के बग़ैर न तो वे ज़मीन ख़रीद सकते हैं, न मकान। पचास-पचपन साल पहले बने हर मकान के ऊपर एक कमरा और फिर एक कमरा बनता जा रहा है। घुटन बढ़ती जा रही है। नौजवान फ़ौज में, बी.एस.एफ. में, सी.आर.पी.एफ. में, जम्मू-कश्मीर पुलिस में भर्ती होना चाहते हैं, अपनी पिछली सात-आठ पीढ़ियों से चली आ रही भारतीय गोरखा परंपरा को जीवंत रखना चाहते हैं, परंतु जम्मू-कश्मीर सरकार को यह स्वीकार्य नहीं।

पढ़े-लिखे गोरखा नौजवान फ़ील्ड मार्शल मानेक शॉ की कही बात बड़े गर्व से अपने साथियों को सुनाते हैं कि "अगर कोई कहे कि मैं मौत से नहीं डरता तो वह व्यक्ति या तो झूठ बोल रहा है या फिर गोरखा है।" अब नौजवान पीढ़ी संगठित हो रही है। अपनी परंपरा को जीवंत रखने के लिए मेलों का आयोजन कर रही है, गोरखनाथ के सुंदर मंदिर में पारंपरिक पूजा का आयोजन कर रही है, तवी के किनारे को पाटकर खेलों का आयोजन कर रही है। हर बरसात में तवी का बढ़ा हुआ पानी उनकी मेहनत पर पानी फेर जाता है, लेकिन जो हार मान ले, वह गोरखा कैसा? फिर मैदान बनता है, फिर हर

शाम खेलों का आयोजन होता है। रुद्रप्रताप का पड़पोता कार्तिक एम.कॉम. है, वह बार-बार नौकरी के लिए अर्ज़ियाँ देता रहा, लेकिन पी.आर.सी. के बग़ैर नौकरी नहीं मिली। उसने अपने साथियों के साथ मिलकर फलों का व्यवसाय शुरू किया, थोड़ी बेहतर स्थिति बनने पर दुकान खोलनी चाही, लेकिन पी.आर.सी. नहीं थी, इसलिए लाइसेंस नहीं मिला। कार्तिक ने हार नहीं मानी। अपनी और अपने दोनों साथियों की जमापूँजी लगाकर छोटा सा व्यवसाय शुरू किया, लेकिन रोज़ नई समस्या, रोज़ नए पैंतरे चलते रहते हैं। यह समस्या एक-दो या पाँच-दस नौजवानों-नवयुवतियों की नहीं है, हज़ारों की संख्या में हैं ये लोग। माता-पिता हैरान हैं, परेशान हैं, जिन बच्चों को इतनी मेहनत से पढ़ा-लिखाकर बड़ा किया, वे बी.ए., बी.एस-सी., एम.ए., एम.कॉम. करने के बाद मोमो बना रहे हैं, सड़कों पर बेच रहे हैं। मॉल में या किसी वर्कशॉप में मामूली काम कर रहे हैं। न प्रोफ़ेशनल कॉलेजों में पढ़ सकते हैं, न सरकारी नौकरी कर सकते हैं, न व्यापार के लिए बैंकों से कर्ज़ ले सकते हैं। तो फिर करें क्या? जिस देश में सबसे अधिक 'विक्टोरिया क्रॉस' गोरखों के नाम हैं, जहाँ गोरखों ने अनेक-अनेक महावीर चक्र, परमवीर चक्र पाए हैं, जिस देश की सेना में गोरखा राइफ़ल्स को बड़ा सम्मान दिया जाता है, उसी देश के जम्मू-कश्मीर का नौजवान गोरखा आज लहूलुहान है, उसका कोई भविष्य नहीं, पढ़ा-लिखा, हताश-निराश नौजवान। आज कोई उत्साह नहीं, आनेवाले कल से कोई उम्मीद नहीं। नौजवानों ने आर्मी, नेवी, एयर फ़ोर्स की परीक्षाएँ अच्छे अंकों में पास की हैं, पर चूँकि पी.आर.सी. नहीं है, इसलिए भर्ती का कोई सवाल ही नहीं है। अंधकार, सिर्फ़ अंधकार।

आज के जम्मू-कश्मीर ने कितनी आसानी से भुला दिया है गोरखों का बलिदान! जम्मू शहर में खड़े बलिदान स्तंभ पर 1947 के भारत-पाक युद्ध से लेकर आज तक के उन वीर-शहीदों के नाम अंकित हैं, जिन्होंने जम्मू-कश्मीर के लिए बलिदान दिया और इन नामों में गोरखों के नाम बहुत बड़ी संख्या में खुदे हुए हैं, जो पुकार-पुकार कर कह रहे हैं, हम जम्मूवासी हैं, हमारे बलिदानों ने तुम्हें सुरक्षा दी है, अमन-चैन दिया है, परंतु जम्मू-कश्मीर की सरकारों के कान बंद हैं।

महेंद्र कुमार को याद है, वे जवानी के दिन थे, तन में ताक़त थी, मन में जोश। करीब 25–30 नौजवान निकल पड़े थे जम्मू से, देश की प्रधानमंत्री से मिलने, दिल्ली पहुँचते-पहुँचते जेबें खाली हो चुकी थीं, बात समझ में आने लगी थी कि केवल उत्साह और जोश से बात नहीं बनती। दिल्ली के मई के महीने की गरमी सही नहीं जा रही, एक-एक कर सभी बीमार पड़ने लगे, खाने के लाले पड़ने लगे, लेकिन हार मानने को तैयार न थे। सफ़दरजंग मार्ग के आसपास मँडराते रहना दिनचर्या बन चुकी थी, श्रीमती इंदिरा गांधी तक पहुँचना खेल नहीं था। एक शाम जब श्रीमती गांधी की गाड़ियों का काफ़िला लौट रहा था, उनकी नज़र सैनिक वरदी में खड़े कुछ नौजवानों पर पड़ी, वे अपनी कार से उतरकर महेंद्र सिंह और उनके साथियों की तरफ़ आने लगीं, उनके व्यक्तित्व में कुछ ऐसा था कि गोरखों का यह सीधा सरल समूह विस्फारित आँखों से उन्हें देखता रह गया। पहल श्रीमती गांधी ने ही की। बड़े मातृत्व भरे स्वर में पूछा, "क्या कहना चाहते हैं आप लोग?" और बस फिर क्या था, सारी भूख, प्यास, पीड़ा, थकान भूलकर सभी ने अपनी अपनी शिकायतों का पुलिंदा खोलकर रख दिया। प्रधानमंत्री श्रीमती इंदिरा गांधी ने ध्यान से सुना और कहा, "गोरखों को न्याय मिलेगा।" महेंद्र कुमार की पीढ़ी बूढ़ी हो गई है।

नई पीढ़ी बार-बार पूछ रही है, "कब मिलेगा हमें न्याय?" मेरी आँखों के आगे बार-बार किशन सिंह का चेहरा आ जाता है। घर के नाम पर एक छोटा सा कमरा, चार भाई-बहन, माता-पिता सभी रहते हैं वहीं, न कोई सुविधा है, न कोई मदद देनेवाला है, सिर्फ़ जुनून है, "मुझे डॉक्टर बनना है।" किशन सिंह की ईमानदार मेहनत रंग लाई। 12वीं कक्षा में बहुत अच्छे अंक आए और मेडिकल एंट्रेंस एग्ज़ाम में भी। लेकिन जब पी.आर.सी. के बग़ैर एडमिशन न मिला तो ग़ुस्से में बौखलाए पिता ने वह फ़ॉर्म वहीं डी.सी. के सामने फाड़कर फेंक दिया, बाप-बेटा निराश-हताश घर लौट आए। पूरा परिवार उस शाम मुर्दा बन गया था, रात घर में चूल्हा भी नहीं जला। किशन सिंह सोचता रहा, इतना निष्ठुर, निर्दयी है जम्मू-कश्मीर? फिर जब केंद्र की लिस्ट में नाम आया तो दिल बाग़-बाग़ हो गया। किशन सिंह ने मेडिकल की पढ़ाई पूरी की। डॉ. किशन सिंह जम्मू के पहले मिलिट्री के डॉक्टर बने। हमेशा गर्व से कहा, "मैं

जम्मू-कश्मीर से हूँ।" काश! जम्मू-कश्मीर की सरकार भी यह कहती!

कार्तिक की पत्नी मीनाक्षी ख़ुद बी.ए. पास है। एक प्राइवेट नर्सरी स्कूल में पढ़ा रही है। दोनों बच्चे अच्छे स्कूल में पढ़ रहे हैं, लेकिन मन में हमेशा एक डर-सा बैठा रहता है। अपने स्कूली दिनों का क़िस्सा वह भुला नहीं पाती। वह दसवीं कक्षा में पढ़ती थी। गणतंत्र दिवस की तैयारियाँ चल रही थीं। सारा स्कूल जानता था कि मीनाक्षी बड़ा सुरीला गाती है, उसे समूह गान में मुखड़ा अकेले गाना था, अंतरे के बाद सब साथ में दोहरा रहे थे, "हम सब भारतीय हैं, हम सब भारतीय हैं।"

रिहर्सल के बाद कुछ लड़कियाँ म्यूज़िक टीचर के पास आईं और कहने लगीं, "टीचर, हमें नहीं लगता कि मीनाक्षी को इस गीत में होना चाहिए। शी इज़ अ नेपाली गर्ल।"

शालिनी सन्न रह गई। आँखों से आँसू थम नहीं रहे थे। उसके दादाजी 1971 की लड़ाई में शहीद हो गए थे, बावजूद इसके दादी ने अपने बेटे को फ़ौज में भर्ती किया और मीनाक्षी के पापा ने कारगिल का युद्ध लड़ा। वे अपने बेटे को भी फ़ौज में भर्ती करना चाहते हैं, लेकिन अब जम्मू-कश्मीर की सरकार के नियमों के चलते ऐसा संभव नहीं हो पा रहा है। मीनाक्षी का मन चीत्कार कर रहा था, लेकिन कुछ कह नहीं पा रही थी।

म्यूज़िक टीचर ने मीनाक्षी के आँसू पोंछते हुए कहा, "मीनाक्षी इस देश के एक शहीद की पोती है। तुम सबको उस पर गर्व होना चाहिए।"

मीनाक्षी की आँखों में चमक आ गई, लेकिन आज तो हालात और बिगड़ चुके हैं। वह चाहती है कि इस अपमान और निराशा की धुंध हटे, गोरखा जम्मू-कश्मीर में सम्मान से रह सकें। मीनाक्षी को अपने पूर्वजों पर, भाई-बाँधवों पर गर्व है। वे कर्मठ हैं, कभी भीख नहीं माँगी, कभी ग़लत रास्ते पर नहीं चले।

आकर्षण तो कल भी बहुत से थे, आज भी बहुत से हैं, ग़लत तरीके से ऐशोआराम के साधन जुटाने के, लेकिन ग़लत रास्ते पर चले वह गोरखा कैसा? कार्तिक, शौर्य, मीनाक्षी, शालिनी और उनके अनेक-अनेक हमउम्र बड़ी ईमानदारी से जुटे हुए हैं, अपने अधिकारों को पाना चाहते हैं वे। चाहते हैं, प्रोफ़ेशनल कॉलेजों में पढ़ सकें, सरकारी नौकरियाँ पा सकें, अच्छे व्यवसाय

कर सकें, वोट दे सकें, चुनाव लड़ सकें, मकान-खेत ख़रीद सकें, कुल-मिलाकर जम्मू-कश्मीर में आज़ादी की साँस ले सकें, सम्मानपूर्वक जी सकें। बेचैन तो मैं भी हूँ, समझ नहीं पाता कि क्यों हो रहा है ऐसा और कब तक होता रहेगा ऐसा ? इतना संयम, इतना धीरज, इतनी ईमानदारी, इतनी वफ़ादारी, इतनी कर्मठता, इतनी वीरता कहाँ से और कैसे पाते हैं ये गोरखा ? मैं भी अचंभित हूँ। बहुत हुआ, अब करवट लेना चाहता हूँ मैं, समय हूँ मैं, बदलना चाहता हूँ मैं।

□

आज कुछ बात है, जो शाम पे रोना आया

यों तो हर शाम उम्मीदों में गुज़र जाती है,
आज कुछ बात है, जो शाम पे रोना आया।

बेग़म अख़्तर की आवाज़ में ऐसा कुछ है कि हर सूँ दर्द-ही-दर्द फैलता चला जाता है। तस्नीम ऑस्ट्रेलिया में है। माउंट बुलर का लग्ज़री अपार्टमेंट। अपने लिविंग रूम के क़ीमती सोफ़े में धँसी हुई है वह, शकील बदायूँनी की ग़ज़ल, बेग़म अख़्तर की आवाज़ उसे रुला रही है, उसने बहते आँसुओं को रोकने की कोशिश भी नहीं की। अभी घंटा भर ही गुज़रा होगा, जावेद एक हफ़्ते के लिए यूरोप टूर पर निकल गया है। पूरे हफ़्ते वह क्या पहनेगा, हर दिन के हिसाब से तस्नीम ने सूट, शर्ट, पैंट, टी-शर्ट, अंडरवेयर, नाइट सूट, टाई, रूमाल, मोज़े, शेविंग किट, परफ़्यूम बड़े क़रीने से रख दिए हैं, एक लिस्ट भी रख दी है कि किस-किस दिन क्या पहनना है। उसने गहरी साँस ली। ढलती शाम का धुँधलका, रुई के फाहों से गिरती बर्फ़, कमरे में हल्की पीली रोशनी, बाहर सड़कों पर, भीतर उसके घर में और उसके मन में पसरा हुआ गहरा सन्नाटा। ये बर्फ़ और बेग़म अख़्तर ही हैं, जो उसे कश्मीर पहुँचा देते हैं, रुला देते हैं, लेकिन कितना सुकून है इस रोने में।

2009 में ठीक ऐसी ही बर्फ़ गिर रही थी श्रीनगर में। उस साल लोकसभा चुनाव हुए थे। पाकिस्तान और अलगाववादियों ने कोई कसर नहीं छोड़ी थी दहशत फैलाने में, रोड़े अटकाने में। 'ऑपरेशन रक्षक' के तहत भारतीय सेना पिछले कई सालों से जम्मू-कश्मीर में शांति बहाल करने के नाम पर शहीद हो रही थी। 'ऑपरेशन सद्भावना' के तहत 1998 से भारतीय सेना जम्मू-कश्मीर

में स्कूल, स्वास्थ्य, महिला सशक्तीकरण, खेलकूद, आदर्श गाँव-स्थापना और न जाने क्या-क्या काम कर रही थी। तस्नीम हमेशा सोचती रहती कि हमारे राज्य को ही इस सबकी ज़रूरत क्यों पड़ती है, हम लोग आम हिंदुस्तानियों की तरह क्यों नहीं रह पाते? उसका परिवार अन्य कश्मीरियों की तरह कुएँ का मेढक बनकर जीना नहीं चाहता। उसके दोनों बड़े भाई लंदन में रहते हैं, अपने बीवी-बच्चों के साथ, सुखी और संपन्न। तस्नीम ने अपने अब्बा से कहा है, ग्रैजुएशन ख़त्म करते ही वह दिल्ली चली जाएगी। इस कश्मीर में कुछ नहीं रखा है करने के लिए। कश्मीर परिवार का वह बच्चा है, जो हमेशा किसी-न-किसी ख़ुराफ़ात में लगा रहता है, इसलिए अम्मी-अब्बू उसे खिलौने, चॉकलेट देकर चुप कराते रहते हैं। तस्नीम ने बैंकिंग, बैक ऑफ़िस जॉब के लिए दिल्ली में अर्ज़ी डाल दी है। कुछ महीनों में दिल्ली से बुलावा आ गया। तीन महीने का ट्रेनिंग पीरियड और फिर नौकरी पक्की। वह दिल्ली पहुँच गई। पूरे हिंदुस्तान से कैंडिडेट्स आए हुए हैं। दो कश्मीरी लड़के भी हैं, हर जगह स्पेशल ट्रीटमेंट की उम्मीद लगाए रहते हैं, तस्नीम को उनसे बड़ी कोफ़्त होती है, वह उनसे बातचीत नहीं करती।

करीब 25 लोगों का ग्रूप है, देश के अलग-अलग स्टेट्स के हमउम्र लोगों से वह पहली बार मिल रही है। पहले ही दिन जब उसने क्लासरूम में एंटर किया, सभी की निगाहें उसकी तरफ़ मुड़ गईं। वह जानती है, वह ख़ूबसूरत है और ख़ूबसूरत होने से ज़्यादा उसके भीतर का कॉन्फिडेंस लोगों को परेशान करने की हद तक इंप्रेस करता है, ख़ासकर लड़कों को। नीली जींस, क्रीम कलर का कुरता और रेशमी प्रिंटेट हिजाब। वह पहली रो में बैठ गई। एक ही गुलदस्ते के फूल हैं हम सब, फिर भी कितने अलग-अलग। कितना ख़ुशनसीब है हिंदुस्तान, कितने ख़ुशनसीब हैं हम हिंदुस्तानी। बिस्वजीत, अच्छा कॉन्फिडेंट लड़का है।

"बंगाली हो?"

"जी, आप कश्मीरी हैं।"

"अरे वाह! कैसे पहचाना?"

"ठीक वैसे ही, जैसे आपने पहचाना।"

कश्मीर की तस्नीम, बंगाल का बिस्वजीत और केरल की सरस्वती अच्छे

दोस्त बन गए हैं। तस्नीम क्लास में पूरी तैयारी के साथ जाती है, बाक़ी लोग विशेष मेहनत नहीं कर रहे हैं, क्योंकि पता है, सभी को नौकरी मिल जाएगी। पावर पॉइंट प्रेज़ेंटेशन तैयार करना तस्नीम की ख़ासियत है। केवल पी.पी.टी. तैयार करना ही नहीं, प्रेज़ेंट करने का भी उसका अपना अंदाज़ है। तस्नीम जो कह दे, उसे मान लेने का अलावा और कोई गुंजाइश ही बाक़ी नहीं रहती। महीने भर बाद एक दिन उसने बताया कि उसने सी.ए.एस. क्लियर कर लिया है। सभी अचंभे में हैं।

"तुमने बताया नहीं।"

"इसमें बताना क्या था, तैयारी कर रही थी, परीक्षा दे दी, पास हो गई बस!"

बिस्वजीत और सरस्वती के अलावा बाक़ी लोगों से अभी भी बहुत दोस्ती नहीं हो पाई है। हाँ! अब ये तीनों दिल्ली घूमने-घामने जाने लगे हैं। दिल्ली की साफ़-सुथरी, चौड़ी सड़कें बिस्वजीत को बहुत अच्छी लगती हैं, लेकिन तस्नीम तो लंदन घूम आई थी—वह कहती, इन सड़कों पर रफ़्तार नहीं है। सरस्वती को हमेशा लगता कि वह तस्नीम की तरह बेबाक होकर अपनी बात क्यों नहीं कह पाती! कोर्स का आख़िरी हफ़्ता शुरू हो गया। तस्नीम ने बताया, कहीं जॉइन करने से पहले वह घर जाएगी।

□

तस्नीम श्रीनगर पहुँच गई। बड़े दिनों बाद अपने महलनुमा घर में अम्मी-अब्बू और दादी के साथ बाहर बग़ीचे में बैठकर कहवा पीने का बड़ा मजा आ रहा था। बात अब्बा ने ही शुरू की, "तस्नीम बेटे, तुम्हारे लिए एक बहुत अच्छा रिश्ता आया है। अच्छे रिश्ते तो पिछले कई सालों से आ रहे हैं, लेकिन मैं और तुम्हारी अम्मी तुम्हारी पढ़ाई-लिखाई में तुम्हें डिस्टर्ब करना नहीं चाहते थे। अब वक़्त भी सही है, ख़ानदान भी अच्छा है और लड़का तो बेहतरीन है। फ़ैमिली मुंबई में रहती है, लेकिन जावेद ऑस्ट्रेलिया रहता है। अपने बिज़नेस के सिलसिले में यूरोप आता-जाता रहता है। उसकी अम्मी के पूरे ख़ानदान को हम अच्छी तरह से जानते हैं। जावेद फ़ेसबुक पर तुम्हें फ्रेंड रिक्वेस्ट भेज देगा। उसका सेल नंबर मैं तुम्हें दे दूँगा, बातचीत कर लेना।"

और बड़ी धूमधाम से श्रीनगर में तस्नीम और जावेद का निकाह हो गया।

फिर मुंबई के ताज होटल के क्रिस्टल रूम में रिसेप्शन। जावेद का परिवार मुंबई के मलाबार हिल इलाक़े में रहता है। मुंबई के बेहतरीन इलाक़ों में एक। हफ़्ता भर पलक झपकते निकल गया और जैसा कि तय था, जावेद ऑस्ट्रेलिया चला गया। वीज़ा मिलने की देर भर थी, फिर तस्नीम भी ऑस्ट्रेलिया में ही रहेगी। जावेद की तरह ही तस्नीम भी उसके अम्मी-अब्बू को मम्मा-पापा कहने लगी है। एक दिन मम्मा ने कहा—

"तस्मीन, बेटे हमेशा ये हिजाब क्यों पहने रहती हो? हम लोग इन ढकोसलों को नहीं मानते, खुलापन होना चाहिए।"

"मम्मा, खुलापन सोच का होना चाहिए, बदन का नहीं।"

मम्मा ने कुछ नहीं कहा। तस्नीम को यहाँ सबकुछ बड़ा खोखला सा लगता है।

□

तस्नीम ऑस्ट्रेलिया पहुँच गई। मई का महीना था। मेलबर्न एयरपोर्ट पर जावेद लेने पहुँच गया था। बड़ी ख़ूबसूरत, चमचमाती पोर्श कार। मेलबर्न से माउंट बुलर का ख़ूबसूरत ड्राइव। दोनों तरफ़ बर्फ़ और पहाड़ी रास्ते पर सरसराती उनकी कार। ख़ूबसूरत अपार्टमेंट, दरवाज़ेनुमा बड़ी-बड़ी काँच की खिड़कियाँ, करीने से सजा फ़र्नीचर और तस्नीम को देख प्यार से मुस्कुराता जावेद। तस्नीम का दिल आ गया इस शहर, इस घर और इस घरवाले पर, वह मुस्कुरा दी। जावेद की ज़िंदगी घड़ी की सुई के साथ चलती है, सुबह फ़िक्स टाइम पर उठना, जॉगिंग, ब्रेकफ़ास्ट, न्यूज़, इ-मेल्स, फ़ोन कॉल्स, ऑफ़िस, लंच, मीटिंग्स, टी-टाइम, मीटिंग्स, घर, अर्ली डिनर और फिर खर्राटों भरी नींद। तस्नीम को जावेद की हर ज़रूरत, पसंद, नापसंद इतनी अच्छी तरह समझ में आ गई है, मानो बरसों से उसे जानती हो। जावेद की पसंद का खाना, जावेद की पसंद के कपड़े, जावेद की पसंद का बिस्तर। साल भर गुज़रते-न-गुज़रते उसे लगने लगा, कहीं तो कुछ गड़बड़ है। क्या है? कहाँ है? कैसी है? वह समझ नहीं पा रही है। जब उसने यह बात एक दिन जावेद से कही तो जावेद ने उससे पूछा—

"जॉब करना चाहती हो? आई डोंट थिंक इट्स नीडेड, आ'म डूइंग वेरी वेल।"

"जावेद सवाल नौकरी करने या न करने का नहीं है।"

जावेद मुस्कुरा दिया, "अच्छी-भली गृहस्थी चला रही हो, लेट्स प्लैन फ़ॉर बेबी, बिज़ी हो जाओगी। और क्या करना चाहती हो?"

तस्नीम नहीं जानती। गृहस्थी तो अम्मी और दोनों भाभियाँ भी चला रही हैं, वे ख़ुश भी हैं, तस्नीम ख़ुश क्यों नहीं है?

□

सितंबर 2014 की बात है, जम्मू-कश्मीर में भयानक बाढ़ आ गई। उसके फ़ेसबुक के सारे दोस्त उसे तस्वीरें भेज रहे हैं, सूचनाएँ दे रहे हैं, भारतीय सेना की तारीफ़ कर रहे हैं। सैकड़ों जानें गई हैं, हज़ारों बेघर हो गए हैं। तस्नीम इतनी दूर पड़ी तड़प रही है। अक्तूबर में वह दिल्ली पहुँच गई। दोस्तों से मिली, फिर वह अम्मी और अब्बू से पास श्रीनगर चली गई। अम्मी, अब्बू, दादी, घर सभी कुछ सुरक्षित है। अम्मी ने देखते ही कहा—

"क्या हो गया है तुम्हें? फ़ोन पर तो कभी नहीं कहा कि परेशान हो।"

"अम्मी, सब ठीक ही है।"

आजकल तस्नीम बहुत ख़ुश है। अपनों के प्यार की गरमाहट हमेशा नई ताक़त दे जाती है। आजकल श्रीनगर में अकेले बैठे-बैठे माउंट बुलर के अपार्टमेंट में अपने ही अतीत को देखना, परखना, समझना तस्नीम का नया शग़ल बन गया है। कई क़िस्से याद आ रहे हैं—

"कल मैं पार्टी दे रहा हूँ, चलो तुम्हारे लिए शॉपिंग करते हैं।"

ख़ूबसूरत गाउन, तस्नीम ने हल्का सा मेकअप किया है, बला की ख़ूबसूरत लग रही है।

"ओ गॉड, अब इसके साथ भी यह चादर लपेटोगी?"

"जावेद यह चादर नहीं, हिजाब है।"

"उतारो इसे, इट लुक्स अगली। कोई नहीं पहनता इसे।"

"मैं पहनती हूँ।"

दोनों पार्टी में चले गए। पार्टी शानदार थी, सिवाय तस्नीम के उखड़े हुए मूड के। भला हो जावेद के ऑस्ट्रेलियन फ्रेंड का, जिसने जम्मू-कश्मीर पर बात छेड़ दी, अब तस्नीम बोल रही है और सभी सुन रहे हैं।

□

आज मियाँ-बीवी एक अमेरिकन दोस्त के घर डिनर पर गए हैं। लौटते वक़्त कार में जावेद ने कहा—

"यू इन्सल्टेड मी।"

"मैंने? कब… कैसे?"

"शैंपन क्यों नहीं ली?"

"क्योंकि मुझे पसंद नहीं।"

"सोसाइटी में सब निभाना पड़ता है।"

"मैं बहुत कुछ निभा रही हूँ जावेद।"

तेज रफ़्तार से दौड़ती कार में ज़ोर का ब्रेक लगा।

□

आज संडे है, अपार्टमेंट की सफ़ाई करने के लिए हर संडे दो आदमी आते हैं। तस्नीम काम करवा रही है।

"तस्नीम।" जावेद की सख़्त आवाज़।

"जी।" तस्नीम उसके कमरे में गई।

"उन लोगों से बात करने की क्या ज़रूरत है? दे नो देअर वर्क, अपने कमरे में जाओ।"

"जावेद, मैं बच्ची नहीं हूँ।"

"दैट्स व्हाय।"

□

घर में पार्टी है, तीन फ़ैमिलीज़ आई हैं, तस्नीम ने कश्मीरी डिनर बनाया है, सभी ख़ुश हैं, पार्टी के बाद वह अकेले किचन साफ़ कर रही है—

"आज बहुत थक गई मैं।"

"वर यू नॉट अवेर कि ऑस्ट्रेलिया में इंडिया की तरह घरों में नौकरों की फ़ौज नहीं होती?"

□

"तस्नीम, कल मुझे जल्दी उठा देना।"

□

"आज मैं लंच घर पर ही करूँगा।"

□

"कल मैं देर से लौटूँगा।"

□

"कल मैं तीन दिन के लिए फ्रांस जा रहा हूँ, मेरा सूटकेस तैयार कर देना।"

□

"आजकल मेरा सिरदर्द करता रहता है।"

□

"आज मुझे ठीक से भूख नहीं लगी।"

□

"मेरा बैग गाड़ी में रख देना, ऑफ़िस से सीधे एयरपोर्ट चला जाऊँगा।"

□

"आज ऑमलेट में नमक ज़्यादा हो गया है।"

□

अचानक तस्नीम की आँखों के आगे चलनेवाली फ़िल्म रुक गई। तस्नीम मुस्कुराने लगी—

"मेरी प्यारी तस्नीम! कर क्या रही हो पिछले चार सालों से ऑस्ट्रेलिया में!

करीब दो हफ़्ते श्रीनगर में रहने के बाद वह दिल्ली आ गई। इस बार बिस्वजीत और सरस्वती से भी मुलाक़ात हुई। दुनिया भर की बातें। उसने जावेद के बारे में भी बहुत कुछ साझा किया। उसे लग रहा था कि बिस्वजीत कुछ समझ सकेगा, समझा सकेगा, लेकिन ऐसा कुछ नहीं हुआ। बिस्वजीत बहुत प्यारा है, सुलझा हुआ है, लेकिन रिश्तों के पचड़ों से दूर ही है, कहने लगा—

"तस्नीम कुछ तो है, लेकिन क्या है, समझ नहीं पा रहा हूँ।"

सरस्वती ने कहा, "पता करो, कोई और तो नहीं उसकी ज़िंदगी में।"

"हम्म! कभी इस तरह सोचा नहीं मैंने।"

□

तस्नीम मेलबर्न पहुँच गई। जावेद एयरपोर्ट पर आया हुआ था—

"सो, हाउ वॉज़ कश्मीर!"

"बढ़िया!"

"तुमने नहीं पूछा मैं कैसा हूँ?"

"कैसे हो जावेद?"

"तुम्हारे हाथ के बने खाने की याद में दुबला हो गया हूँ।"

ज़िंदगी की गाड़ी उसी पुरानी पटरी पर घिसटने लगी। महीनों से दिल में उठा-पटक चल रही है। तस्नीम अपने आप को, अपने वजूद को खोज रही है, उसे लगने लगा है, मानो वह इस आलिशान अपार्टमेंट में नज़रबंद है। फ़ेसबुक और यूट्यूब के सहारे जीनेवाली औरत।

जावेद का फ़ोन आया, "शाम एक हफ़्ते के लिए यूरोप टूर पर जा रहा हूँ, सूटकेस तैयार कर दो।" तस्नीम ने कर दिया। जावेद आया, बैग उठाया, "सी यू नेक्स्ट वीक, लव यू।" चला गया।

बेग़म अख़्तर गा रही हैं—

"यूँ तो हर शाम उम्मीदों में गुज़र जाती है,
आज कुछ बात है, जो शाम पे रोना आया।"

आँसू थम नहीं रहे हैं। उम्मीदों ने साथ छोड़ दिया है। तस्नीम ने मन पक्का किया, अपने दो बैग तैयार किए, दिल्ली का टिकट बुक किया, अंदाज़ा लगाया कि जावेद की फ़्लाइट टेक ऑफ़ कर चुकी होगी, तब मैसेज किया—

"हिंदुस्तान वापस जा रही हूँ। पिछले चार सालों से केवल और केवल तुम्हारी ज़िंदगी जी रही हूँ। दरअसल तुम्हें एक कुक की ज़रूरत है, एक नौकरानी की ज़रूरत है और एक मादा जिस्म की ज़रूरत है। बीवी तुम्हारी लिस्ट में कहीं नहीं है। पैसा बहुत है तुम्हारे पास, ये सब आसानी से ख़रीद सकते हो। श्रीनगर पहुँचकर डिवोर्स पेपर्स भेज दूँगी।"

□

तस्नीम की ज़िंदगी का एक और मुश्किल दौर शुरू। श्रीनगर में उसे ढंग से नौकरी नहीं मिल पा रही, क्योंकि उसने जम्मू-कश्मीर से बाहर शादी कर ली है। उसे याद आया, शुरू-शुरू में उसे उदास देख जावेद ने कहा था, "तुम चाहो तो श्रीनगर में छोटी-मोटी कोई इंडस्ट्री डाल सकती हो। आती-जाती रहना।"

बड़े उत्साह में उसने कोशिश भी शुरू कर दी थी। लेकिन यह जानकर उसे बड़ा अचरज हुआ था कि चूँकि उसके शौहर के पास पी.आर.सी. नहीं है, इसलिए वह जम्मू-कश्मीर में कोई इंडस्ट्री शुरू नहीं कर सकती। सरकार में

बैठे लोगों ने एक बार भी यह नहीं सोचा कि तस्नीम तो जम्मू-कश्मीर की है, छोटी-मोटी इंडस्ट्री डालने से कितने लोगों को रोज़गार मिल जाएगा। अम्मी-अब्बू कह रहे हैं, "ग़लती हमारी ही थी, हमने ग़ैर पी.आर.सी. वाले से तुम्हारा निकाह करवा दिया।"

दादी समझाने की कोशिश करती रहती हैं, "तलाक़ मत दो। शादी-ब्याह में ऐसा चलता रहता है, धीरे-धीरे दोनों समझ जाओगे, सँभल जाओगे।"

लेकिन तस्नीम जानती है, इस मामले में कोई बात नहीं हो सकती। उसकी परेशानी यह है कि जम्मू-कश्मीर उच्च न्यायालय के जनवरी 2002 के फ़ैसले के बावजूद उसे उसका अधिकार क्यों नहीं दिया जा रहा। यहाँ औरतें इतनी मजबूर क्यों हैं? बड़ी अजीब स्थिति है जम्मू-कश्मीर में। यहाँ के नेता कानून को अपने घर की खेती समझते हैं। पता चला कि एक नेता की बेटी ने ग़ैर पी.आर.सी. धारक से निकाह कर लिया, कानूनन उसके सब अधिकार ख़त्म हो गए, लेकिन अगर आपके हाथ में सत्ता है तो आप कश्मीर में कुछ भी कर सकते हैं। नेताजी ने न केवल अपनी बेटी का पी.आर.सी. बनवाया, वरन् आगे चलकर उसकी दोनों बेटियों के भी पी.आर.सी. बनावा दिए। हालाँकि उनकी दोनों नातिनें विदेश में रहती हैं, लेकिन···नेताजी तो नेताजी हैं। तस्नीम क्या करे?

उसे सुनंदा पुष्कर का केस याद आ गया। सुनंदा पुष्कर कश्मीरी थीं, उनके पहले शौहर मलियाली थे, शशि थरूर से शादी के बाद सुनंदा ने अपनी व्यक्तिगत मिल्क़ियत अपने पहले शौहर से जन्मे बेटे शिव मेनन के नाम करनी चाही, लेकिन नहीं कर पाईं। उन्होंने जम्मू-कश्मीर के तत्कालीन मुख्यमंत्री उमर अब्दुल्ला से भी गुहार लगाई, लेकिन वे यह कहकर चुप्पी साध गए कि नए नियम बना दिए गए हैं। अगर सुनंदा पुष्कर जैसी महिला इस जम्मू-कश्मीर में न्याय नहीं पा सकती तो फिर तस्नीम जैसी आम महिलाओं की क्या हस्ती है।

चारों तरफ़ अराजकता फैली हुई है। महिलाएँ अपने आपको असुरक्षित महसूस कर रही हैं। किसी का निकाह अनजाने ही वेस्ट पाकिस्तानी रिफ़्यूजी से हो गया था, अब वे मजबूर महसूस कर रही हैं। कुछ को माँ-बाप ने ग़ैर पी.आर.सी. वाले से ब्याह दिया, अब वे कहीं की न रहीं। कुछ ने अपनी इच्छा से जम्मू-कश्मीर में बग़ैर पी.आर.सी. वाले से निकाह कर दिया, अब वे

असहाय हैं। विधवाओं के आगे केवल अँधेरा है। बच्चे दहशत में जी रहे हैं, उन मासूमों का कोई क़सूर नहीं, लेकिन उन्हें भी भुगतना होगा। यह कोई दस-बीस, सौ-पचास नहीं, बल्कि हज़ारों महिलाओं की समस्या है। हज़ारों बच्चों के भविष्य का सवाल है, लेकिन जम्मू-कश्मीर की सरकारों के कान में जूँ तक नहीं रेंगती। नेताओं के बच्चे विदेशों में पढ़ रहे हैं, सुरक्षित ज़िंदगी जी रहे हैं और जम्मू-कश्मीर के नौजवानों को पुलिस और मिलिट्री पर पत्थर फेंकना सिखलाया जा रहा है। तस्नीम को लगता है कि राज्य की अवाम को इन नेताओं से पूछना चाहिए कि हमसे जो काम करवा रहे हो, अगर वह इतना अच्छा काम है तो पहली लाइन में अपनी औलादों को खड़ा क्यों नहीं करते?

पूरा हिंदुस्तान तरक़्क़ी कर रहा है और जम्मू-कश्मीर पिछड़ता जा रहा है। न ढंग के प्रोफ़ेशनल कॉलेज हैं, न कोई बड़ी इंडस्ट्रीज़, होंगे भी कैसे, जब आप किसी को जम्मू-कश्मीर आने ही नहीं देते। क्या होगा मेरे जम्मू-कश्मीर का? दिल्ली में उसे इस बार एक महाशय मिले, एन.एस.डी. के ऐक्टर हैं, बीवी कश्मीरी हैं, छोटी बेटी है। सिर पकड़कर बैठे थे कि क्या करें—"श्रीनगर में कुछ किराए के पत्थर फेंकनेवाले आए दिन बंद करवा देते हैं। बेटी पढ़ नहीं पा रही है। बीवी ने मुझसे शादी कर ली तो अब बेटी कश्मीर में रहती तो है, लेकिन कश्मीरी नहीं है।" ऐसे अनेक क़िस्से सुन-सुनकर तस्नीम का मन बुझता चला जा रहा है।

□

आज तस्नीम का इंटरव्यू है, वह पहले दो राउंड क्लियर कर चुकी है। आज उसने बेहतरीन पी.पी.टी. बनाया है। बरसों बाद वही तैयारी, वही जोश, वही कॉंफ़िडेंस। लैपटॉप लेकर वह कमरे में पहुँची, सामने पैनल में सात मेंबर्स बैठे हुए थे, तस्मीन के भीतर कॉलेज के दिनों वाला उत्साह था, फुर्ती थी, चेहरे पर मुस्कान थी। प्रेज़ेंटेशन ख़त्म हुआ। पैनल के सभी मेंबर्स ने खड़े होकर उसके लिए तालियाँ बजाईं। वह जानती है, सामान्य तौर पर ऐसा होता नहीं है, तस्नीम ने जंग फ़तह कर ली है। सिर झुकाकर उसने शुक्रिया अदा किया और मस्ती में डूबी घर चली आई। अब तस्नीम बेसब्री से ई-मेल का इंतज़ार कर रही है, जब दो दिन तक जवाब नहीं आया तो वह ऑफ़िस पहुँच गई। पूछने पर एक अदना

से क्लर्क ने लापरवाही भरे अंदाज़ में कहा, “आप तो एलिजिबल ही नहीं थीं, बेकार हमारा इतना वक़्त जाया किया।”

तस्नीम के तन-बदन में आग लग गई। खुलेआम यह जम्मू-कश्मीर औरतों के हक़ को छीन रहा है, उन्हें ज़लील कर रहा है। नहीं, अब यह सब नहीं चलेगा, तस्नीम नहीं चलने देगी। अब यह लड़ाई अकेले तस्नीम की नहीं, उस जैसी हज़ारों औरतों की है। हज़ारों बच्चों के वजूद का सवाल है यह। समाज की सोच और राजनीति की घटिया चालों को बदलना होगा। नीली जींस, आसमानी कुरता और रेशमी प्रिंटेड हिजाब पहने निकल पड़ी है तस्नीम, अपने खुले विचारों के साथ।

□

हमारा हीरो है यह

जम्मू का गांधी नगर इलाक़ा, फरवरी का महीना, सुबह के करीब साढ़े पाँच बजे हैं। 15 साल का घारू एक पुरानी सी टी-शर्ट और जींस पहने, चेहरे पर कपड़ा लपेटे रास्ते पर झाड़ू लगा रहा है। आँखों में आँसू हैं, होंठ फड़फड़ा रहे हैं, गुस्सा है, ग्लानि है, मजबूरी है। 15 साल का किशोर घारू इस अनुभूति को नाम नहीं दे पा रहा। कल दिन भर के कूड़े का ढेर जमा हो रहा है, धूल का बवंडर बन रहा है, घारू नहीं चाहता कि इस पल उसे कोई देखे, पहचाने। मन कर रहा है, धरती फट जाए और घारू उसी में समा जाए। मन के भीतर कोई लगातार कह रहा है—'ये झाड़ू तेरे लिए नहीं है।'

घर पहुँचकर घारू ख़ूब रगड़-रगड़कर नहाया, लेकिन लगता रहा कि कचरे के ढेर में धँसता चला जा रहा है। उसने फिर एक कोशिश की, "माँ, मैं सफ़ाई कर्मचारी नहीं बनूँगा।"

अँधेरे से कमरे में मानो और अंधकार छा गया। टूटी-फूटी खटिया में बीमार पड़ी माँ ने कहा, "बेटा, फिर हम खाएँगे क्या? मैंने रजिस्टर में अपनी जगह तेरा नाम लिखवा दिया है, अब यही झाड़ू तेरी रोजी-रोटी है।"

पिछले कई दिनों से माँ उससे कह रही थी कि 'मेरी तबीयत ठीक नहीं रहती, अब तू यह काम सँभाल।' लेकिन घारू हर सुबह माँ को अपनी साइकिल पर बिठा हाजिरी देनेवाले अहाते में छोड़ ऐसा रफ़ूचक्कर होता कि कोई उसे ढूँढ न पाता। दसवीं में पढ़नेवाले अपने लाड़ले बेटे की भावनाओं को माँ समझ रही थी, लेकिन कोई दूसरा उपाय भी तो न था।

1957 में उसके माँ-बाप गुरदासपुर (पंजाब) से जम्मू आ गए थे या कहना चाहिए, लाए गए थे। हुआ यों था कि जम्मू के सफ़ाई कर्मचारियों ने अपनी तनख़्वाह और दूसरी माँगों को लेकर हड़ताल कर दी थी। चारों ओर गंदगी के ढेर बढ़ते जा रहे थे, बीमारियाँ फैलने लगीं थीं, लोग घबराए हुए थे, परिणामस्वरूप प्रधानमंत्री (उस जमाने में जम्मू-कश्मीर के मुख्यमंत्री को प्रधानमंत्री कहा जाता था।) बख़्शी ग़ुलाम मोहम्मद ने अमृतसर और गुरदासपुर से 200 से अधिक दलित परिवारों को जम्मू-कश्मीर बुलवा लिया। तवी के इस पार और उस पार उन्हें बसाया (तवी के उस पार उन दिनों बियाबान जंगल हुआ करता था, कोई बस्ती नहीं थी, आज यह जम्मू का सबसे पॉश इलाक़ा माना जाता है, समाज का कुलीन वर्ग यहाँ रहने लगा है और इसीलिए अब दलितों की यह बरसों पुरानी बस्ती लोगों की आँखों में खटकने लगी है।)। पंजाब से आए नए सफ़ाई कर्मचारी जम्मू की सफ़ाई करने में जुट गए। परमिट दिया गया था सभी को, सो नौकरी मिल गई। गंदगी में गिजगिजाते, बिजबिजाते जम्मू की सफ़ाई शुरू और साथ ही जम्मूवासी-सफ़ाई कर्मचारियों के साथ बहस भी। अब जम्मू में एक मिनी पंजाब बस गया था। तीज-त्योहार, शादी-ब्याह सभी कुछ पंजाबी ही था। इन्हीं में घारू की माँ भी थी, छोटी सी उम्र में ब्याही गई सफ़ाई कर्मचारी। पति के रूप में मिला एक शराबी, जुआरी हैवान, जो अपनी कमाई का एक धेला तक घर में न देता था। घारू बड़ा हो रहा था, देख रहा था कि पिता नाम का प्राणी घर की हर सुविधा चाहता है और आए दिन अपनी पत्नी को पीटता रहता है। अब माँ को बचाने की कोशिश में घारू ख़ुद पिटने लगा था। स्कूल में वह अपने साथियों के अभिभावकों को देखता, किसी का पिता बैंक में काम कर रहा है, तो किसी की कपड़ों की दुकान है, कोई वकील है तो कोई डॉक्टर। अपने पिता को देख उसे शर्मिंदगी महसूस होती। दसवीं कक्षा तक पहुँचते-पहुँचते बहुत से लड़के-लड़कियाँ उसके अच्छे मित्र बन गए थे। उसे याद है कि उसके ग्रूप में बड़ी एकता थी, वे सभी क्लास टीचर के मुँह लगे 'फ़ेवरेट्स' थे।

एक दिन स्कूल के बाद कल्पना ने कहा, "घारू, क्लासटीचर मैम कह

रही थीं, अब तो भंगी भी हम से हँसी-मज़ाक करने लगे हैं।" अपने लिए यह संबोधन सुनकर घारू रो पड़ा। उस दिन के बाद से वह अपनी फ़ेवरेट क्लास टीचर और कल्पना से कभी आँखें नहीं मिला सका।

कल रात माँ ने फिर कहा, "सुबह जल्दी उठ जाना, सफ़ाई के लिए तुझे जाना है।"

घारू ने नाराजगी से कहा, "माँ, वहीं नज़दीक में मेरा स्कूल है, मेरे दोस्त मुझे झाड़ू लगाते देख मेरा मज़ाक उड़ाएँगे।"

माँ ने सपाट आवाज़ में कहा, "ठीक है, उन्हीं दोस्तों से कह देना, हमारे घर में दो वक़्त की रोटी दे जाया करें।"

अल्लसुबह मन-ही-मन रोता-बिलखता घारू सफ़ाई कर्मचारी बन गया, फिर कभी स्कूल नहीं गया। बमुश्किल दसवीं के इम्तिहान दिए, पास भी हुआ, लेकिन घर की परिस्थिति ऐसी थी कि आगे पढ़ न सका। अब ज़िंदगी का हर हर्फ़ और बाबा साहेब आंबेडकर की किताबें वह पढ़ भी रहा था और समझ भी रहा था।

फिर एक दिन वह भी आया, जब बीमार माँ घर के भीतर अंतिम साँसें ले रही थी और बाहर बैठा पिता शराब पी रहा था, ताश खेल रहा था। घारू समझ न पाया कि कोई इन्सान इतना बेरहम, निष्ठुर, स्वार्थी कैसे हो सकता है? उसकी वाल्मीकि बस्ती में आस-पड़ोस सब जगह लगभग यही कहानी थी। उस रात घारू ने देखा—माँ की आत्मा घर के बाहर लगी तुलसी में समाती जा रही है। माँ नहीं रही, अब वह तुलसी की पूजा करेगा, हर उस महिला की पूजा करेगा, जो अपने घर-परिवार को समर्पित है।

घारू नौकरी की खोज में जुट गया। चाचा, ताया, मामा, भैया सभी कहते, अच्छी-खासी नौकरी है सफ़ाई कर्मचारी की, दूसरा काम क्या करोगे! मन मारकर घारू अल्लसुबह सड़कों की सफ़ाई का काम करता और फिर दोपहर में आर्मी स्कूल की। कितनी-कितनी लड़ाइयाँ लड़नी हैं—आर्थिक, मानसिक, वैचारिक, घर के भीतर, घर के बाहर···क्या होगा उसका? आर्मी स्कूल में वैसे देखा जाए तो सब ठीक ही है, लेकिन आए दिन लोग कुछ-न-कुछ

ऐसा कह देते हैं कि मन उचाट हो जाता है। काम के प्रति ईमानदारी, मुस्तैदी धरी-की-धरी रह जाती है।

कुछ दिनों पहले अपने सारे काम निपटाकर वह दोपहर की चाय पी रहा था, सुपरवाइज़र साहब आए, झिड़कते हुए बोले, "अबे हीरो, आज कोई काम-वाम नहीं करेगा? अपने आप को नवाबज़ादा समझ रखा है?" और एक भद्दी-सी गाली।

भीतर उफनते लावा को निगलते हुए घारू ने केवल इतना ही कहा, "सर! सारे काम निपटाकर आया हूँ।"

"अच्छा, अब तू मुझे उल्टे जवाब भी देगा! तेरे ये कपड़े बता रहे हैं कि तूने काम नहीं किया है। आँखों नीची करके बात कर, कमीने!"

मन तो किया, उस सींकिया सुपरवाइज़र को मसल दे पैरों तले, लेकिन कुछ कर न पाया। बैठा सोचता रहा, इतना घिनौना है किसी दलित परिवार में पैदा होना? दलित हूँ, इसलिए स्वाभिमान से न जिऊँ? हे ईश्वर! मैं क्या करूँ? अब घारू ने शाम के वक़्त एक होटल में भी साफ़-सफ़ाई का काम करना शुरू कर दिया। सुबह से रात तक जुटा हुआ था काम करने में। उसे तलाश थी बेहतर ज़िंदगी की। कहाँ मिलेगी? देर रात तक वह अपने समुदाय के लोगों के साथ बैठता, उन्हें समझाता कि बाबा साहेब ने देश के सभी नागरिकों के लिए समान अधिकार की बात कही है। पिछड़ों के लिए, दलितों के लिए आरक्षण की बात कही है। बच्चों के लिए शिक्षा के क्षेत्र में आरक्षण की सुविधा है, सरकारी कार्यालयों में नौकरियों के लिए आरक्षण है, आज़ादी के बाद से देश के दूसरे हिस्सों में राजनैतिक और प्रशासनिक क्षेत्रों में दलित लगातार आगे बढ़ते जा रहे हैं, लेकिन जम्मू-कश्मीर में आरक्षण तो छोड़िए, हमें तो समान अधिकार तक नहीं मिलते। वह लोगों में जागरूकता लाने की कोशिश करता। बाबासाहेब आंबेडकर के क़िस्से सुनाता, गीत गाता, भजन गाता और फिर इसी मस्ती के नशे में डूबा घर आकर सो जाता।

रात घर का दरवाज़ा कोई ज़ोर-ज़ोर से पीट रहा है, दोनों भाइयों को पुकार रहा है। दरवाज़ा खोला, देखा—मुहल्ले के लोग उसे समझाने की

कोशिश कर रहे हैं कि वह डरे नहीं, कि उसके पिता का आगे सड़क पर एक्सीडेंट हो गया है, कि वे ज़िंदा हैं, कि वे नशे में धुत्त थे, कि ट्रक वाले ने उन्हें उड़ा दिया, कि···कि···कि कुछ सुनाई नहीं दे रहा। वह सड़क की ओर दौड़ पड़ा, लहूलुहान पिता को उठाया और सरकारी अस्पताल की ओर दौड़ने लगा। पूरी रात अस्पताल में गुज़री, फिर कई दिन भी, फिर पिता को वह घर ले आया। बिस्तर पर पड़े उस अपाहिज पिता को वह देखता रहता···उसके दोनों हाथ सिरे से काट दिए गए हैं···यही है वह, जो उसकी माँ को बालों से पकड़कर घसीटता था, घूँसे और लात मारता था, खाने की थाली माँ के मुँह पर दे मारता था, आज···। उसे अपना पिता बहुत-बहुत दयनीय लगने लगा, वह अपने पिता को छोटे बच्चे की तरह सँभाल रहा है।

आज स्कूल में उसने हाफ़ डे के लिए अर्ज़ी दे दी है, पिता को लेकर अस्पताल जाना है। दोपहर का वक़्त है। वह अपने स्कूटर पर बैठा, जैसे ही स्कूटर स्टार्ट किया, देखा—स्कूल के गेट के पास, वाइस-प्रिंसिपल, सुपरवाइज़र और कुछ मेहमान खड़े हैं। वह थोड़ी देर रुक गया, इंतज़ार करता रहा उन लोगों के जाने का, वे लोग बातों में मशगूल थे। घारू बेचैन होने लगा, घर जाकर पिता को लेकर अस्पताल पहुँचना है, आज डॉ. सिंह नहीं मिले तो हफ़्ता भर इंतज़ार करना होगा, वह और नहीं रुक सकता, अपने स्कूटर पर बैठा घारू स्कूल के गेट से बाहर निकल गया। अगली सुबह उसे स्कूल के ऑफ़िस में बुलाया गया, सवाल पूछे गए। उसने बतलाया कि उसने आधे दिन की छुट्टी के लिए अर्ज़ी दे दी थी, पिता को अस्पताल ले जाना था।

चारों तरफ़ से हिकारत, नफ़रत और गालियों की बौछार शुरू, "ये लोग अपने आप को समझते क्या हैं?···"

"स्कूल के बड़े-बड़े लोग खड़े हैं और ये अपने स्कूटर पर बैठ निकल जाएँगे···"

"किसका स्कूटर चुराया है?" एक और मोटी सी गाली···

घारू का सिर चकराने लगा। एक दलित अपनी मेहनत की कमाई से एक स्कूटर ख़रीद ले, इन्हें यह भी मंज़ूर नहीं। दिन बोझिल होते जा रहे हैं,

रातें वीरान। क्यों हो रहा है ये सब मेरे साथ!

स्कूल में 26 जनवरी की तैयारी चल रही है। हारमोनियम के सुर सुनते ही उसे कुछ हो जाता है, वह भी गुनगुना रहा है, एक चपरासी आया, "प्रिंसिपल मैडम बुला रही हैं तुम्हें।" घारू डरते-डरते उनके कैबिन में पहुँचा, उन्होंने फ़ाइल में ही नज़र गड़ाए कहा, "26 जनवरी के लिए एक गाना तैयार कर लो।" घारू को अपने कानों पर विश्वास न हुआ। 26 जनवरी की सुबह। घारू स्टेज पर खड़ा गा रहा है, "दिल दिया है, जाँ भी देंगे, ए वतन तेरे लिये।" कौल मैडम ध्यान से देख रही हैं उसे, क्या है इस लड़के में—सामान्य सा डील-डौल, काला-सा रंग, मोटा-सा चश्मा···इस समय आँखों में पानी झिलमिला रहा है···सीखा तो नहीं होगा इसने···फिर इतना सुरीला, मीठा कैसे गा रहा है···इतनी शालीनता···तल्लीनता···कुछ तो बात है इस लड़के में···घारू की नज़रें कौल मैडम से मिलीं···वे बड़े प्यार से उसे सुन रही थीं, मुस्कुरा रही थीं···उसे अपनी दसवीं की क्लास टीचर मैडम की याद क्यों आ रही है।···गाना ख़त्म हुआ, तालियों की गड़गड़ाहट रुकने का नाम नहीं ले रही।

घारू हाथ जोड़े खड़ा है, प्रिंसिपल मैडम स्टेज पर आईं, घारू को गले लगा लिया, "बच्चा, बहुत-बहुत अच्छा गाते हो।" घारू की आँखों में आँसू हैं, उस पल उसने सभी सवर्णों को माफ़ कर दिया। उसे इनाम दिया गया और वाल्मीकि कॉलोनी तक झोंगे (जीप) में भेजा गया। अब घारू हीरो है स्कूल में, टीचर्स कह रही है मुंबई जा, इंडियन आईडल में भाग ले, बच्चे कह रहे हैं—घारू भैया, अपने सीडीज़ बनवा लो, अपने स्टेज शोज़ शुरू कर लो।

झाड़ू की इस ज़ंजीर को तोड़ना होगा। दसवीं पास है वह, चपरासी की नौकरी तो आराम से मिल जाएगी, फिर आगे पढ़ना शुरू करेगा। घारू ने नौकरी के लिए अर्ज़ियाँ देनी शुरू कर दीं। इंटरव्यू के लिए गया, पता चला कि उसे नौकरी नहीं मिल सकती, क्योंकि उसके पास पी.आर.सी. नहीं है। उसने पैनल को समझाया—

"मैं यहीं जम्मू की पैदाइश हूँ। 1957 में मेरे दादा-दादी, नाना-नानी गुरदासपुर से यहाँ बुलाए गए थे।"

लेकिन नौकरी नहीं मिली, क्योंकि पी.आर.सी. नहीं थी। घारू सोचने लगा, मैं तो समझे बैठा था कि ये मेरा जम्मू है, मेरी जन्मभूमि है। यहाँ की हर सुबह से, हर शाम से प्यार किया है मैंने, यहाँ की वादियाँ, हवाएँ मेरी साँसों में बसती हैं, यहीं जवान हुआ हूँ, यहीं सपने देखे हैं मैंने, लेकिन···।

घारू ने हिम्मत नहीं हारी। वह जानता है कि उसके तबके के लिए बाबा साहेब लड़ते रहे थे। अबकी बार घारू ने रिज़र्व्ड कैटेगरी में अप्लाई किया। इंटरव्यू के लिए गया, वे लोग उससे काफ़ी प्रभावित थे, कहने लगे, "बाक़ी सब तो ठीक है, लेकिन जॉइन करने से पहले एस.सी. प्रमाण-पत्र ले आओ।" घारू क्या करे? कहाँ से लाए एस.सी. प्रमाण-पत्र? 50 साल से भी ज़्यादा गुज़र चुके हैं, जब उसके परिवारवालों को जम्मू-कश्मीर की सरकार ने पंजाब से बुलाया था, परमिट दिया था, नौकरी दी थी, लेकिन पी.आर. सी. या कोई अनुसूचित जाति/एस.सी. सर्टिफिकेट तो नहीं दिया था। अब? घारू बौखला गया, क्या करे वह? कहाँ जाए? किसको समझाए? वह बहुत अच्छी तरह जानता है कि पूरे भारत देश में एस.सी., एस.टी., ओ.बी.सी. सबके लिए आरक्षण है। उसकी जाति के लोग पिछले 70 सालों से अनेक ऊँची-ऊँची नौकरियाँ कर रहे हैं। के.आर. नारायणन तो देश के राष्ट्रपति तक बन गए। फिर जम्मू-कश्मीर में हम पर यह अन्याय क्यों? भारतीय संविधान में पूरे भारत देश के पिछड़े तबकों के लिए अनेक प्रकार के आरक्षण मौजूद हैं। इनके चलते देश की तीन पीढ़ियों की किस्मत बदली है, लेकिन 35ए के कारण जम्मू-कश्मीर के दलितों का हाल बुरा है। बाबा साहेब की कही हर बात की यहाँ तौहीन होती है। जम्मू-कश्मीर हमें बुलाया गया था, हम अपनी इच्छा से नहीं आए थे।

आज हालात ऐसे हैं कि सफ़ाई कर्मचारियों के बच्चे ग्रैजुएट हो गए हैं, फिर भी जम्मू में झाड़ू ही लगा रहे हैं, क्योंकि सरकारी नियम यही कहता है कि पंजाब से आए सफ़ाई कर्मचारियों के बच्चे यहाँ केवल सफ़ाई कर्मचारी ही बन सकते हैं। दुनिया के इतिहास में यह अकेला ही ऐसा नियम है। तीन पुश्तों से रह रहे हैं, यहाँ लेकिन जम्मू-कश्मीर की सरकारें उन्हें यहाँ का

स्थायी निवासी मानने को तैयार नहीं हैं। पूरे जम्मू में सफ़ाई का काम कर रहे हैं, लेकिन इनको कोई सुविधा नहीं दी जाती, इनके अपने मोहल्ले गंदगी में बजबजा रहे हैं। बारिश में नालों का पानी घरों में घुस जाता है, लेकिन किससे करें शिकायत? कहीं कोई सुनवाई नहीं।

वह अपने प्रधानजी के पास गया। उनका मकान देखकर अचंभित रह गया—इनका इतना बढ़िया मकान कैसे? पता चला, उन्होंने कहीं से कोई तिकड़म लगाकर पी.आर.सी. ले ली है, बच्चे अच्छे कॉलेजों में पढ़ रहे हैं। तो फिर ये अपनी तरह अपने भाई-बंधुओं को पी.आर.सी. क्यों नहीं दिलवा देते? सारी क़ौम गंदगी के ढेर पर बैठी हुई है, बीमारियों और हिकारत से जूझ रही है और प्रधानजी इतने इत्मिनान से कैसे बैठे हैं? अब ये लड़ाई अकेले घारू की लड़ाई नहीं, पूरे जम्मू के सफ़ाई कर्मचारियों की लड़ाई है—सरकार के साथ। कैसे समझाए अपनी ही जाति के लोगों को कि अपने अधिकारों के लिए लड़ो, दीन-हीन बने रहने से कुछ नहीं होने का, गंदे तुम नहीं हो, गंदगी तो औरों ने फैलाई है, तुम गए, तुमने उसे साफ़ कर दिया तो तुम गंदे कैसे हुए? गंद फैलानेवाला गंदा होता है, साफ़ करनेवाला नहीं। तुम तो एक सैनिक हो—कुछ सैनिक सरहदों पर खड़े, दुश्मनों से देश की रक्षा कर रहे हैं और तुम देश के भीतर बीमारियों से देश की रक्षा कर रहे हो। तुम मेहनत करते हो, ईमानदार हो, तुमने देश से कभी गद्दारी नहीं की है। सिर उठा के चला करो।

इस बार अपने वाल्मीकि समाज के 'प्रधान' के चुनाव में घारू भी खड़ा हो गया। वह समझने लगा है कि दलितों के उत्थान के लिए सरकारों को जो करना चाहिए, वह नहीं हो रहा है। जम्मू-कश्मीर में सरकारें बनती हैं, ख़त्म होती हैं, लेकिन सफ़ाई कर्मचारियों के उत्थान के लिए कोई कुछ नहीं करता। अपनी जाति के लोगों के उद्धार के लिए उसने लोगों की मदद करनी शुरू की, अब उसे 'प्रधान' बनना ही होगा। लेकिन 31 वर्षीय घारू को उसके समाज के लोगों ने बड़े हलके में लिया, परिणामस्वरूप वह चुनाव हार गया।

इस समय सबसे बड़ा संबल बनकर उसकी पत्नी उसके साथ खड़ी है, वह 12वीं पास है, सफ़ाई-कर्मचारियों के परिवार से भी नहीं है, लेकिन

घारू की हर पीड़ा को समझती है। वह घारू की आँखों के उस दर्द को भुला नहीं पाती, जब शादी के पहले घारू उससे कहता था कि अपने रिश्तेदारों को कभी आर्मी स्कूल मत आने देना। मैं जल्दी ही कुछ और काम शुरू कर लूँगा, मैं नहीं चाहता कि लोग तुम्हें सफ़ाई-कर्मचारी की बीवी कहकर घृणा की नज़र से देखें।

आज घारू दो बच्चों का पिता है, घारू अपने समाज का 'प्रधान' है। घर-घर जाकर सफ़ाई-कर्मचारियों को अपने घरों में, अपने पास-पड़ोस में साफ़-सफ़ाई रखने की बातें समझा रहा है। अपने अधिकारों के लिए लड़ने की बात सिखला रहा है। समाज बदल रहा है। आज घारू और उसकी बिरादरी के नवयुवक-नवयुवतियों का अन्य जातियों के बीच सहज उठना-बैठना है, घरों में आना-जाना है। पहले जैसी हिकारत नहीं। उनके बच्चे अच्छे-अच्छे स्कूलों में पढ़ रहे हैं, सामान्य-सा जीवन जी रहे हैं। घारू बड़े गर्व से कहता है—कीचड़ में कमल उगाने की कोशिश कर रहा हूँ। जानता है लड़ाई जम्मू-कश्मीर की सरकार से है, आसान नहीं होता सरकारों को जगाना। पिछले 61 सालों से सोई हुई हैं सरकारें। कैसे नहीं पसीजता कुर्सी पर बैठे हुए लोगों का दिल, जब कोई बी.एस-सी. या एम.कॉम. पास नौजवान हाथों में झाड़ू थामता है!

परसों मिनिस्टर साहब का पी.ए. वाल्मीकि कॉलोनी आया था, बड़ी-सी गाड़ी लेकर। बेचारे को अपनी गाड़ी सड़क पार ही रोकनी पड़ी, नाक पर अपना परफ़्यूम वाला रूमाल लगाए चल रहा था। पूछते-पूछते राजेश के दरवाज़े पर पहुँचा, गिड़गिड़ा रहा था, "जल्दी चलो, मिनिस्टर साहब के बँगले के पीछे से पिछले दो-तीन दिनों में बदबू आ रही थी, अब देखा तो एक भैंसा मरा हुआ पड़ा है, फूला हुआ। बदबू से जान निकली जा रही है।" राजेश अभी सुबह की ड्यूटी पूरी कर, नहा-धो कर बैठा ही था, बड़ी ना-नुकुर के बाद तैयार हुआ चलने को। भीतर गया, बोतल खोली, कुछ घूँट हलक में उतारे और साइकिल ले चल पड़ा। घारू सोच रहा है कि उस मरे हुए जानवर को उठाने के लिए, घसीटने के लिए राजेश को ख़ुद थोड़ा जानवर बनना पड़ा, शराब पीनी पड़ी, क्योंकि पूरे होशो-हवास में कैसे कर पाता यह काम?

अपने आलिशान बँगले में बैठे मिनिस्टर साहब समझ सकेंगे यह बात? जिन सफ़ाई-कर्मचारियों को ये लोग जम्मू-कश्मीर का स्थायी निवासी तक मानने तैयार नहीं, जी पाएँगे उनके बग़ैर इस जम्मू-कश्मीर में?

घारू को अब एक तोड़ मिल गया है, अपने समाज की समस्या का—35ए। उसने जान लिया है कि इसी धारा के चलते उन्हें इस जम्मू-कश्मीर में नारकीय जीवन जीना पड़ रहा है। दो पुश्तें तो यों ही मर-खप गईं, अब घारू की पीढ़ी की यह ज़िम्मेदारी है कि उनकी अगली पीढ़ी सम्मान से जी सके। अच्छे-अच्छे स्कूलों में पढ़ रहे हैं ये बच्चे, मगर प्रोफ़ेशनल कॉलेजों में नहीं जा पाएँगे, डॉक्टर-इंजीनियर नहीं बन पाएँगे, अच्छी नौकरी नहीं कर पाएँगे, क्योंकि जम्मू-कश्मीर की सरकार उन्हें यहाँ का स्थायी निवासी ही नहीं मानती।

दिल्ली और मुंबई से लोग आ रहे हैं, उसके समाज के लोगों की लड़ाई में उनके साथ खड़े हो रहे हैं, चाहते हैं कि वाल्मीकि समाज को उनके अधिकार मिलें। घारू कहता है, "हमारी कम्यूनिटी को बरसों से सवर्णों से कोई शिकायत नहीं है। हम तो सरकारी डिस्क्रिमिनेशन से परेशान हैं।" हमें हमारे अधिकार क्यों नहीं दिए जाते? जम्मू-कश्मीर के दलित क्या देश के अन्य दलितों से अलग हैं? ये 35ए तो हमें दलितों से भी बदतर बना रहा है। आज़ादी के बाद से देश के हर राज्य में दलित राजनीतिक प्रशासनिक सेवाओं में आगे आ रहे हैं, क्योंकि हमारा संविधान यह कहता है, लेकिन इसी संविधान के एक आर्टिकल ने हमारे अस्तित्व पर ही प्रश्नचिह्न लगा दिया है। तीन पीढ़ियाँ यों ही गुज़र गईं। आंबेडकरजी ने तो दलित दलित में कोई फ़र्क नहीं किया था, तब जम्मू-कश्मीर के राजनेता, न्यायपालिका बरसों से ऐसा क्यों करते चले आ रहे हैं?''

2018 आ चुका है, हमें अपने अधिकार पाने ही होंगे! घारू के घर में रोज़ बैठकें हो रही हैं—बच्चे, बूढ़े, नौजवान, स्त्री-पुरुष सभी आ रहे हैं। सभी में आक्रोश है, सभी चाहते हैं कि पिछले 6 दशकों की दासता की ये ज़ंजीरें टूटें। आनेवाले कल के लिए सभी उत्साह से भरे हुए हैं। शाम ढल रही है, गांधी कॉलोनी की साफ़-सुथरी चौड़ी सड़क के दूसरे छोर पर बसी वाल्मीकि

कॉलोनी के इस छोटे से घर में बैठक समाप्त हुई।

भविष्य का सुनहरा सपना लिये सभी अपने-अपने घरों की तरफ़ निकल पड़े हैं। ऊपर आसमान में पंछी अपने पंख फैलाए अपने घोंसलों की ओर बढ़ रहे हैं। मौसम में थोड़ी उमस है, लेकिन डूबते सूरज की वह पीली रोशनी भली-भली सी लग रही है। अचानक घारू को खयाल आया कि दोनों बच्चे काफ़ी देर से दिख नहीं रहे। देखा, वे दोनों को पलंग पर खड़े होकर, शोकेस में रखे टी.वी. के साथ ख़ुराफ़ात में लगे हुए हैं। घारू मुस्कुराया, "मेरे इंजीनियर साहब, क्या कर रहे हो दोनों?"

"पापा देखो न, टी.वी. गड़बड़ कर रहा है..." घारू ने कोशिश की, टी.वी. चल पड़ा...दोनों बच्चे लिपट गए उससे...पापा मेरे हीरो हैं...नहीं मेरे हीरो हैं...बच्चों ने देखा, मम्मी आई और तीनों को अपनी बाँहों में समेटते हुए बोली, "हमारा हीरो है यह।"

नीले रंग की दीवारें...नीले ही रंग का प्रिंट वाला परदा...तेज़ चलते पंखे की हवा में लहरा रहा है परदा...घारू का मन भी हिलोरें ले रहा है...कितना सुखद है यह पल!

□

जाना ना, देस बेगाना है

किरण को कुछ समझ में नहीं आ रहा है। उसके भीतर इतना ग़ुस्सा भरा हुआ है, इसका उसे कभी अहसास ही नहीं था। सिर्फ़ दस मिनट हुए हैं घर पहुँचे, लेकिन भीतर के उस तूफ़ान ने बाहर भी ऐसा तूफ़ान फैला दिया है कि सारे लोग सकते में आ गए हैं। किरण चीख़ रही है, रसोई घर में बरतन पटक रही है, शायद रो भी रही है, वास्तव में नहीं समझ पा रही कि उसे हो क्या गया है। मेडिकल कॉलेज के उस क्लर्क का एक वाक्य—'पी.आर.सी.' के बग़ैर एडमिशन नहीं हो सकता—किरण ने अपने बेटे सिद्धार्थ की ओर देखा—अठारह साल के सिद्धार्थ की बड़ी-बड़ी आँखों में आँसू थे, वह बार-बार आँखें झपका रहा था, नहीं चाहता था कि कोई देखे कि उसकी आँखों में आँसू हैं, किरण का सिर चकराने लगा।

पिछले साल भर से घर में कर्फ़्यू सा लगा हुआ था, सिद्धार्थ मेडिकल एंट्रेंस एग्ज़ाम की तैयारी कर रहा था। टी.वी. भी दिन भर नहीं चल पाता था। मम्मी-पापा, छोटी बहन रिया, चाचा-चाची, छुटकू, दादा-दादी, और बड़ी दादी सबका सपना है कि सिद्धार्थ डॉक्टर बने। सच कहें तो सिद्धार्थ तो आठवीं कक्षा में ही डॉक्टर बन गया था। 'गूगल बाबा' ने उसे सारा ज्ञान दे दिया था, उसने तो कई ऑपरेशन भी कर लिये थे, यानी देख लिये थे। केवल एंट्रेंस एग्ज़ाम देने भर की देर थी, सो एग्ज़ाम भी दी, बहुत अच्छे अंक भी आए, ज़रूरी काग़ज़ात ले, वह मम्मी के साथ कॉलेज भी पहुँचा, लेकिन एडमिशन न हो सका।

किरण समझाने की कोशिश करती रही कि वे लोग जम्मू के ही निवासी

हैं, कि 1947 में सिद्धार्थ के पड़दादा-पड़दादी जम्मू आ गए थे, कि सिद्धार्थ के दादा, दादी, ताया, चाचा, बुआ, पापा सभी जम्मू की पैदाइश हैं, कि सिद्धार्थ और रिया इसी जम्मू में पैदा हुए हैं, लेकिन क्लर्क कुछ भी मानने-सुनने को तैयार नहीं था।

उसने कहा, "मैडम, पी.आर.सी. की कॉपी लाइए।" अँधेरी सुरंग में हल्की सी रोशनी, किरण ने राहत की साँस ली, चलो काम बन गया। उसने अपनी पी.आर.सी. की कॉपी मेज़ पर रख दी।

क्लर्क मुस्कुराने लगा, "मैडम, लगता है आपको नियम-कानून कुछ पता नहीं हैं। आपका पी.आर.सी. बेटे के काम नहीं आएगा, उसके पिता का पी.आर. सी. लाओ।"

किरण समझाती रही कि वह जम्मू-कश्मीर की निवासी है, यह उसकी पी.आर.सी. की कॉपी है, सन् 1957 में उसके दादा को मिली थी, फिर पिता और अब वह भी यहीं की स्थायी निवासी है।

क्लर्क झल्लाने लगा, "मैडम, आपका नहीं, अपनी ससुराल का पी.आर. सी. लाइए। अगर नहीं है तो मैं आपको समझा रहा हूँ कि आपका बेटा जम्मू-कश्मीर का स्थायी निवासी नहीं है।"

"जब माँ स्थायी निवासी है तो आप बेटे को कैसे मना कर सकते हैं?" किरण का सुर ऊँचा उठने लगा था, "मेरे ससुर के माता-पिता सन् 1947 में यहाँ आकर बस गए थे। इनकी पिछली तीन पीढ़ियाँ यहीं पैदा हुईं, यहीं रची-बसी हैं, आप कैसे मना कर सकते हैं?"

अब क्लर्क बड़े व्यंग्य से बोला, "मैडम, आपकी ससुराल वाले वेस्ट पाकिस्तानी रिफ़्यूजी हैं, यहाँ के नहीं हैं। उस परिवार की बहू होने के नाते अब आप भी अपने सारे अधिकार खो चुकी हैं। आपके बेटे को स्टेट मेडिकल कॉलेज में एडमिशन नहीं मिल सकता, घर जाइए, बेटे से कहीं कोई मजदूरी करवाइए। अपने पीछे क्यू देख रही हैं, एक-एक स्टूडेंट से इतनी लंबी बातें होती रहीं तो मेरी पूरी ज़िंदगी इसी मेज़ पर गुज़र जाएगी।" मेज़ पर पड़ी पेंसिल से वह अपना कान कुरेदते हुए अगले विद्यार्थी का फ़ॉर्म देखने लगा, मानो कुछ हुआ ही न हो।

किरण तिलमिलाकर रह गई। वह सारे नियम-कानून जानती है। उसने

किताबों में पढ़ा है, इंटरनेट से जाना है कि महाराजा के 'स्टेट सब्जेक्ट' में कहीं नहीं लिखा था, महिलाओं के लिए 'विवाह तक वैध'। 1967 में जम्मू-कश्मीर की सरकार ने यह पुछल्ला जोड़ा और जम्मू-कश्मीर की बेटियों के सारे अधिकार ही छीन लिये। सन् 2002 में जम्मू-कश्मीर उच्च न्यायालय ने पी.आर.सी. और महिला अधिकार से संबंधित 'सुशीला सहान्वे बनाम जम्मू-कश्मीर-2002' में अपने फ़ैसले में यह स्पष्ट कर दिया था कि यदि पी.आर. सी. प्राप्त महिला जम्मू-कश्मीर से बाहर या बिना पी.आर.सी. वाले व्यक्ति से विवाह करती है, तब भी उसके राज्य में सारे अधिकार यथावत् बने रहेंगे। और इसके साथ ही महिलाओं के पी.आर.सी. में 'विवाह तक वैध' या 'वैलिड टिल मैरिज' लिखना और ऐसा लिखकर महिलाओं को उनके अधिकारों से वंचित करना ग़ैर-कानूनी हो गया था, पर कश्मीर की महिला विरोधी राजनीति के ठेकेदारों को यह समानता का अधिकार नहीं सुहाया। मुफ़्ती मुहम्मद सईद की सरकार पहले इस निर्णय के ख़िलाफ़ सर्वोच्च न्यायालय गई, पर जल्द ही यह समझ गई कि उनका अपना पलड़ा हल्का है, क्योंकि वे महिलाओं के समान अधिकारों का ग़ैर-कानूनी रूप से हनन कर रहे हैं। इसलिए मार्च 2004 में मुफ़्ती मोहम्मद सरकार 'The Jammu and Kashmir Permanent Resident (Disqualification) Bill 2004' (जम्मू-कश्मीर स्थायी निवासी (अयोग्यता) बिल 2004) ले आई। महिलाओं को उनके मूलभूत अधिकारों से वंचित करनेवाला, महिलाओं को दोयम दर्ज़े का नागरिक बनाकर उन पर अत्याचार करनेवाला, बाबासाहब आंबेडकर द्वारा स्थापित लैंगिक समानता की धज्जियाँ उड़ानेवाला यह बिल जैसे ही विधानसभा में रखा गया, केवल 6 मिनट में पास हो गया। आश्चर्य की बात यह है कि पी.डी.पी. और नेशनल कॉन्फ्रेंस दोनों पार्टी इस मामले में बिल्कुल एक मत थीं, उनके आपसी मनमुटाव, सारे झगड़े, इस दमनकारी बिल के सामने गौण हो गए थे। इनकी असुरक्षा की भावना और उच्च न्यायालय के आदेश के प्रति खीज इस बात से सामने आती है कि इस बिल के अनुसार कानून बनने पर, यह कानून 2004 के बजाय 2002 से लागू किया जाता, जिससे उच्च न्यायालय द्वारा की गई त्रुटियों को सुधारा जाए। विधानसभा में पास होते ही इस बिल के विरोध में जम्मू में कई प्रदर्शन हुए,

बीजेपी और सरकार में भागीदार कांग्रेस पर जनता ने बहुत दबाव बनाया, जिसके चलते विधान परिषद् में यह बिल पास नहीं हो सका। बिल विधान परिषद् में पास न होने से नेशनल कॉन्फ्रेंस के फ़ारूख़ अब्दुल्ला इतने बौखला गए कि आनन-फ़ानन उन्होंने विधान परिषद् के चेयरमैन और पार्टी के काफ़ी सीनियर राजनेता अब्दुल रशीद डार को पार्टी से ही निकाल दिया! क्या क़सूर था अब्दुल रशीद का? क़सूर यह था कि महिला विरोधी इस बिल को वे चेयरमैन होते हुए भी विधान परिषद् में पास करवाने में असफल रहे!

मामला यहीं शांत नहीं हुआ। कश्मीर घाटी के संकीर्ण विचारधारा वाले और महिलाओं के समान अधिकारों के विरोधी इन नेताओं ने एक नई चाल चली। अब जम्मू-कश्मीर सरकार ने रेवेन्यू डिपार्टमेंट, यानी राजस्व विभाग को GR द्वारा निर्देश दिया कि वह महिलाओं के पी.आर.सी. पर 'विवाह तक वैध' लिखता रहे। सरकार के इस उद्दंड व्यवहार के विरुद्ध एक बार फिर उच्च न्यायालय में गुहार लगाई गई। 'हरि ओम बनाम जम्मू-कश्मीर 2004' के इस केस में न्यायालय ने जम्मू-कश्मीर सरकार को स्पष्ट आदेश दिए कि महिलाओं के पी.आर.सी. पर 'विवाह तक वैध' लिखना बंद करे, परंतु राज्य सरकार ने इस आदेश की पूरी तरह से अनदेखी कर दी। 27 जनवरी, 2005 को सर्कुलर नंबर Rev (LB) 87/74 जारी कर कमिश्नर/सेक्रेटरी, रेवेन्यू डिपार्टमेंट/राजस्व विभाग के स्टेट सब्जेक्ट प्रमाण-पत्र देनेवाले अधिकारी से कहा गया कि महिला के विवाह के बाद एक और प्रमाण-पत्र देकर यह स्पष्ट किया जाए कि उस महिला ने पी.आर.सी. धारक से विवाह किया है या नहीं। यह नियम आने के बाद याचिकाकर्ता एक बार फिर न्यायालय गए, कोर्ट की फटकार लगने के बाद जम्मू-कश्मीर सरकार को मजबूरन 2 अगस्त, 2005 को यह सर्कुलर हटाना पड़ा।

आज कहने को तो यह नियम समाप्त हो गया है, लेकिन धरातल की सच्चाई कुछ और ही है। वास्तविकता यह है कि कश्मीर घाटी के राजनेता महिला हों या पुरुष, सभी राज्य की महिलाओं के दुश्मन ही हैं। इससे बड़ी ग़ुलामी और मजबूरी एक महिला के लिए और क्या हो सकती है कि अपनी मर्ज़ी या राज्य के कानून के विरुद्ध विवाह करने की सज़ा उसे अपने और अपनी होनेवाली संतान के सारे अधिकारों की तिलांजलि देकर भुगतनी पड़ती है।

कश्मीर में महिलाओं के अधिकार अभी समानता से कोसों दूर हैं। वरना आज एक मामूली सा क्लर्क उसे इस तरह बेइज़्ज़त करता? हर तरफ़ अँधेर है।

□

'पापा कहते हैं, बड़ा नाम करेगा, बेटा हमारा ऐसा काम करेगा' 12वीं कक्षा का 'फ़ेयरवेल', राजेश तल्लीन होकर स्टेज पर गा रहा है, लोग झूम रहे हैं, राजेश अपने सुरीले गले और हमेशा अव्वल आने के लिए स्कूल में जाना जाता है। एक कोने में अपनी सहेलियों के साथ खड़ी 10वीं कक्षा की किरण सोच रही है, 'हाय! कितना प्यारा गाता है यह, कितना सुंदर है। अब कल से तो स्कूल में दिखेगा ही नहीं।' उसे मालूम है, उसके साथ की सभी लड़कियों का चहेता है राजेश। अगले कुछ महीनों तक स्कूल में लड़कियों की बातों में और किरण के ख़यालों में राजेश बार-बार आता रहा और फिर खो गया।

किरण ने 12वीं की परीक्षा दी, अच्छे अंक भी आए, लेकिन दादी ने ऐलान कर दिया, 'लड़की की जात ठहरी, ज़्यादा पढ़ा-लिखाकर क्या होना है, घर-गृहस्थी का काम सिखाओ।' सो घर-गृहस्थी के काम सीखे गए और फिर रिश्ते आने शुरू हो गए। एक जगह बात तय भी हो गई। बताया गया, उनका भरा-पूरा परिवार है, अपना मकान है, लड़का दवाइयों का काम करता है, बड़ी-बड़ी दुकानों में दवाइयाँ बेचता है, डॉक्टर ही समझ लो उसे। किरण को लड़के की तस्वीर भी दे दी गई। 'ले तू भी पसंद कर ले।' तस्वीर का लिफ़ाफ़ा ले किरण अपने कमरे में आ गई—

'हे ईश्वर! बस जीजाजी की तरह साँवला रंग न हो, आँखें सुंदर हों। कहने के लिए बैंक में असिस्टेंट मैनेजर हैं जीजाजी, लेकिन ज़रा सलीका नहीं है जीने का! बेचारी दीदी।'

लिफाफा खोला…ये क्या…नहीं, नहीं…हाँ, हाँ…वही है, वही है…हाथ काँप रहे हैं…ख़ुशी के मारे चीख़ सी निकल गई…राजेश ही तो है…क्या वह इतनी भाग्यवान है!…उफ़ धड़कनें इतनी तेज़ चल रही हैं कि… 'जनाब आप मेरे पति बनने जा रहे हैं।'

दुल्हन किरण अपनी ससुराल में है। राजेश ही नहीं, पूरा परिवार बहुत-बहुत प्यारा है। ज़िंदगी न हुई परियों की कहानी हो गई। किरण के लिए गहने आ

रहे हैं, सलवार-सूट आ रहे हैं, उसका मनपसंद खाना बनाया जा रहा है, एक नई दुनिया आबाद हो रही है।

पीछे से दो हाथ आए और उसकी छातियों को ज़ोर से भींच दिया और··· ज्ञानो देवी तिलमिलाकर उठ बैठी, पसीने से भीगी हुई, ज्ञानो 76 वर्ष की हो गई है, लेकिन अभी भी वह···। तसल्ली हुई बगल के पलंग पर पोता बहू किरण अपने तीन महीने के सिद्धार्थ के साथ गहरी नींद में सोई हुई है। क्या हो जाता है ज्ञानो को ? क्यों भुला नहीं पाती, वह उस भयावह शाम को···

अगस्त का महीना था, राखी का दिन था वह, सारे टब्बर में उत्साह था, रौनक थी। तभी ढोल पिटने की आवाज़ आई। सारे गाँव में वे लोग ढोल पीट रहे थे और बतला रहे थे—देश का विभाजन होने जा रहा है, आसपास के गाँवों में मार-काट मची हुई है, समय रहते सरहद पार चले जाओ।

ज्ञानो का भरा-पूरा परिवार था—पति, ददिया सास-ससुर, उसके अपने सास-ससुर, जेठ-जिठानी, देवर-देवरानियाँ, ननदें, भतीजे-भतीजियाँ, 200 बकरियाँ, कई बछड़े-बछियाँ, पाँच गाएँ, दो जोड़ी बैल, दूर-दूर तक फैले खेत-खलिहान। दोपहर भाई-भाभी राखी बँधवाकर लौट गए थे। शाम की चाय उबल रही थी, पकौड़े तले जा रहे थे। अचानक घर में चीख़-चिल्लाहट···चार मुस्टंडे आए, कुल्हाड़े चलने लगे गरदनों पर···लहू की धार···पीछे से दो हाथ आए और···पता नहीं कहाँ से इतनी ताक़त आई कि ज्ञानो ने चूल्हे से जलती लकड़ी उठाई और उसे···धू-धू जलती हुई, दौड़ती हुई मानवाकृति···बाकी के तीनों भी भाग खड़े हुए। ददिया सास-ससुर, सास-ससुर, पति और सबसे छोटा देवर··· बाक़ी लाशें, लाशें और लाशें।

ज्ञानो को डर नहीं लगा, रोना भी नहीं आया···उसने झटपट गहनों की पोटली बनाई, जो जमा-जथा थी, एक बक्से में रखी और छह ज़िंदा लाशों के साथ निकल पड़ी सरहद पार जाने को। तेईस साल की ज्ञानो···तेज़-तर्रार,···भोला सा पति काकाराम, न कुछ बोल रहा था, न सुन रहा था। ···सभी भूखे-प्यासे··· दस साल का देवर भूख से बिलख रहा था···बारिश के दिन थे, छोटा दरिया पार करना था, पानी उफ़ान पर था, रातोंरात पार जाना ज़रूरी था···कहीं से एक रस्सा ले आई ज्ञानो, सभी को कमर से बाँधा और आगे रस्सा पकड़ कूद पड़ी उस

दरिया में···कोई डर नहीं··· "मरणा तो एक्के बार है···डर कैसा?" खींच ले गई सभी को दरिया पार। रोटी माँगने गई, वह रामदासियों का घर था, उन्होंने एक रोटी दी, पानी दिया। ज्ञानो की आँखों में आँसू आ गए। अपने घर में इतना दूध-मलाई था, पर खाते नहीं थे, आज दाने-दाने को तरस रहे हैं। छिपते-छिपाते, माँगते-खाते ज्ञानो पहुँच गई अपने मायके, अपने गाँव। वहाँ का माहौल भी कुछ ख़ुशनुमा नहीं था। अधिकतर मुसलमान परिवार घर-बार छोड़कर भाग चुके थे। ज्ञानो के परिवार की मदद की ससुर के एक मुसलमान मित्र ने। उसने पूरे परिवार को किसी मुसलमान के खाली पड़े घर में टिका दिया। फिर थोड़ी देर में आकर बाजरे के गट्ठे रख गया। ज्ञानो ने कूट-कूटकर दाने निकाले, चक्की में पीसे, चूल्हा जलाया, रोटियाँ बनाईं, आधी-आधी रोटी खाते, अपनी बारी का इंतज़ार करते-करते सुबह हो गई।

अभी दो साल पहले ही 21 की उमर में ब्याह कर ज्ञानो इस टब्बर से उस टब्बर गई थी। अपने मायके आती-जाती रही थी, पर इस बार यह कैसा आना हुआ? इस बार लौटी है तो 'रिफ़्यूजी' बनकर। अपने ही मायके में रिफ़्यूजी है वह! मायके का साथ था, इसलिए धीरे-धीरे पैर टिकने लगे। इसी मकान में 6 बच्चों को जन्म दिया। अब तो बस दो बेटियाँ हैं, अपनी-अपनी ससुराल में और एक बेटा संसारचंद। कभी-कभी अँधेरी रातों में गुज़रे हुए उन तीनों बेटों की 'उआँ-उआँ' सुनकर, तड़पकर उठ बैठती है ज्ञानो, बाँहें फैलाए अपने जचकी वाले कमरे तक खिंची चली जाती है और फिर रोते हुए उन्हें उनके नए जन्म में आयुष्यमान होने की दुआएँ दे, अपने तकिए में मुँह गड़ा लेती है। मुश्किल था सबकुछ, बहुत-बहुत मुश्किल। जब एक बैल मरा तो ज्ञानो ख़ुद बैल बन खेत जोत रही थी। तन और बुद्धि से कमज़ोर काकाराम अपने बेटे संसारचंद को जवान होते देख निहाल होते रहते। ज्ञानो अपने बेटे संसारचंद और बहू विमला देवी से संतुष्ट है, तृप्त है। दोनों के बेटे राजेश के ब्याह में तो उत्साह और उमंग का सैलाब उमड़ आया था।

सभी महिलाएँ ज़िद कर रही थीं ज्ञानो देवी से, कुछ तो गाओ, ज्ञानो मुस्कुराई, "केड़ा गाऊँ? सब भूल गई हूँ।" फिर ख़ुद ही सुहाग गाना शरू कर दिया, "उड्डियाँ-उड्डियाँ सतरंग चिड़िए, मेरा बाबुल हे राम···

नई दुल्हन किरण अपनी दादी सास को देख रही है, कुछ तो है इस महिला में। खँडहर बने शरीर में मन बड़ा हौसलों से भरा हुआ है। फिर तो ससुराल में सबसे अच्छी 'दोस्त' दादी ही थी। सरहद पार के कितने क़िस्से, कितनी कहानियाँ, सुनाते हुए हर बार वही जोश, वही खिलखिलाहट। केवल एक क़िस्सा सुनाते हुए आवाज़ भीग गई थी, "तेरे दादाससुर सरहद पार से एक ही समान लेकर आए थे—लकड़ी का एक चरखा···। 'छोटा दरिया' पार करते समय छाती के ऊपर तक पानी आ गया था, कितना कहा फेंक दो, पर नहीं··· साथ लेकर आए। पर यहाँ आने के बाद काता नहीं कभी···बस घंटों बैठकर उसे निहारते रहते थे। जब पता चला कि गांधी बाबा को किसी ने गोली मार दी तो उस दिन उन्होंने अपना चरखा ज़मीन पर पटक-पटक कर तोड़ दिया, रोने लगे कि किसी काम का नहीं ये चरखा और फिर बाहर ले जाकर फूँक दिया उसे। तेरे दादाससुर देवता आदमी थे बेटा। संसारचंद को बहुत लाड़ करते थे। वह सिर पर बस्ता रख, हाथों में जूते पकड़, नदी पार स्कूल जाता था। जब तक वह स्कूल से लौट न आए, वहीं नदी किनारे बैठे रहते थे तेरे दादाससुर।

"एक बार मैं रोटी ले खेत में पहुँची तो बोले, 'मैं नहर में नहाकर आता हूँ।' बड़ी देर तक जब नहीं लौटे, तो मैं और संसारचंद ढूँढ़ने गए, देखा नहर का पानी लाल हो रहा था, कलेजा मुँह को आ गया, तेरे दादाससुर एक तरफ़ पड़े कराह रहे थे। पता चला एक बैल ने उनकी जाँघ में सींग घुसेड़ दिया था। गाँव में न अस्पताल, न डॉक्टर, न बस, न मोटर गाड़ी, एक बैलगाड़ी में लिटाकर उन्हें सिविल अस्पताल ले गए, बहुत इलाज करवाया, बड़ी सेवा की, लेकिन··· बड़े मुश्किल दिन थे वे। संसारचंद और विमला ने सबकुछ सँभाल लिया। अब तू और राजेश इस गृहस्थी की गाड़ी को आगे ले चलोगे।" चेहरे पर वही निस्स्वार्थ मुस्कान!

राजेश के लिए यह घर केवल एक घर नहीं, फुलवारी है। परिवार की चार पीढ़ियों को वह बड़े जतन से, प्यार से सहेजता है। हरेक की ज़रूरतों का, पसंद का पूरा ख़याल रखता है। कलर टी.वी. की जगह स्मार्ट टी.वी. आ गया है, फ़ोन की जगह कॉडलेस फ़ोन आ गया है, सबके पास सेलफ़ोन हैं, घर में कंप्यूटर है, लैपटॉप है, बच्चे अच्छे प्राइवेट स्कूल में पढ़ रहे हैं। इस सबके बावजूद कुछ

है, जो राजेश को भीतर-ही-भीतर खाता रहता है। अपनी उस पीड़ा से राजेश अकेले लड़ रहा है—आज़ाद देश की तीसरी पीढ़ी का शरणार्थी। अपने साथियों के साथ वह मुख्यमंत्री तक गया है। अन्य वेस्ट पाकिस्तानी शरणार्थियों की तरह वह भी चाहता है कि 35ए को ख़त्म किया जाए, ताकि उस जैसे लाखों लोग जम्मू-कश्मीर में चैन की साँस ले सकें। अपनी किरण को वह वे सारे अधिकार दे सके, जिसकी वह हकदार है। हर संभव राह तलाश रहा है कि सिद्धार्थ को डॉक्टर बना सके।

☐

किरण चीख़ रही है, "अपने बच्चे को डॉक्टर तो ज़रूर बनाकर रहूँगी। सपना है मेरे बच्चे का, उसे पूरा करके रहूँगी।"

कोई भीतर से कहता है, 'जम्मू-कश्मीर में रिफ़्यूजियों के बेटे डॉक्टर नहीं बनते।' वह फिर चिल्लाने लगी, "मैं रिफ़्यूजी नहीं हूँ।" किरण की आँखों के आगे अपनी मौसी की बेटी कल्पना का चेहरा आ गया। कल्पना के मायके में पी.आर.सी. है, लेकिन उसकी शादी 'वेस्ट पाकिस्तानी रिफ़्यूजी' परिवार में हो गई, सो वह जम्मू-कश्मीर में अपने सारे अधिकार खो बैठी। दोनों बच्चे छोटे-छोटे से थे, तभी दुर्भाग्य से उसके पति की मृत्यु हो गई। अब कल्पना और उसके बच्चों के पास न तो कोई अधिकार है, न कोई सहारा। अजीब-सा डर लगने लगा किरण को।

यह कैसा नियम है! उसके मोहल्ले का शम्सुद्दीन पाकिस्तान से रेहाना को ब्याह कर लाता है और पाकिस्तानी रेहाना को जम्मू-कश्मीर में सारे अधिकार मिल जाते हैं, लेकिन किरण अपने देशवासी राजेश से ब्याह करती है और अपने सारे अधिकार खो बैठती है। वह यह भी जानती है कि फ़ारूख़ अब्दुल्ला की पत्नी ब्रिटेन की है और उनके बेटे उमर अब्दुल्ला की पत्नी दिल्ली की है। यानी दोनों जम्मू-कश्मीर की नहीं हैं, परंतु उन्हें सारे अधिकार मिल गए हैं, उनके बच्चों को सारे अधिकार मिल गए हैं। लेकिन विभाजन के दौरान जम्मू-कश्मीर में आकर बसी महिलाओं को आज सत्तर सालों के बाद भी कोई अधिकार नहीं मिले हैं। इतना ही नहीं, अगर जम्मू-कश्मीर की कोई महिला किसी ग़ैर जम्मू-कश्मीरवाले से विवाह कर लेती है तो उसके सारे अधिकार छीन लिये जाते हैं।

यह कैसी विडंबना है ? जब जम्मू-कश्मीर की जनता महिला मुख्यमंत्री महबूबा मुफ़्ती से यह सवाल करती है कि आपके राज्य में महिलाओं पर यह अत्याचार क्यों किया जा रहा है ? उनके अधिकार क्यों छीने जा रहे हैं ? तो वे जवाब देती हैं कि अगर हम यहाँ की महिलाओं के अधिकारों का हनन कर रहे हैं तो बाहर से आनेवाली महिलाओं को अधिकार भी तो दे रहे हैं। सत्ता पर बैठी एक महिला दूसरी महिलाओं के प्रति इतनी कठोर कैसे हो सकती है। ये क्या हो रहा है मेरे देश में! किरण का दम घुटने लगा। संविधान के निर्माता बाबासाहेब आंबेडकर ने महिलाओं को विवाह, तलाक़ तथा विरासत में संपत्ति का अधिकार दिया था, परंतु जम्मू-कश्मीर की सरकारें इसके ठीक विपरीत काम कर रही हैं।

वह चीख़ने लगी, " ये क्या कर रहे हो मेरे साथ। मैं इस आज़ाद देश भारत की नागरिक हूँ, मैं एक भारतीय से शादी करती हूँ और अपने ही राज्य में अपने सारे अधिकार खो बैठती हूँ। न मेरे मायके में मेरा कोई अधिकार बचा है, न यहाँ ससुराल में कोई अधिकार है। कैसा राज्य है यह ? तीन पीढ़ियाँ यहीं जन्म लेती हैं, फिर भी रिफ़्यूजी कहलाती हैं।"

अचानक पूरा परिवार खलनायक बन गया है...किरण और दोनों बच्चे अकेले हैं बिल्कुल अकेले...कहाँ जाएँगे तीनों...क्यों की गई इस रिफ़्यूजी परिवार में मेरी शादी...क़रीब 20 सालों से नन्हे-नन्हे पलों को जोड़कर एक प्यारा-सा महल बना था...आज अचानक उसकी बुनियाद ही खिसक गई...दरारें...दरारें... दरारें...।

ज्ञानो देवी को चैन नहीं है। वह भीतर-ही-भीतर दहक रही है। 94 साल की ज्ञानो देवी! हड्डियों का ढाँचा, छातियाँ लटककर कमर तक पहुँच रही हैं, पेट बिल्कुल पिचका हुआ, सिर पर से दुपट्टा सरकता है तो बचे हुए थोड़े से सफ़ेद बाल दिखाई दे जाते हैं। चेहरा क्या है, पूरा मकड़जाल है। झुर्रियाँ, झुर्रियाँ और झुर्रियाँ, पोपले मुँह में काले पड़े हुए दो-चार दाँत हैं। पूछ रही है ज्ञानो देवी, "कौन है ये सरकार...कौन हैं ये नेता...कौन हैं ये नियम कानून...लाओ मेरे सामने खड़ा करो इन्हें...मैं तो अपने मायके लौटकर आई थी, रिफ़्यूजी कैसे हो गई ? मैंने न चोरी की, न डकैती, मुझे मेरे परिवार के साथ सम्मान से जीने क्यों नहीं देते ?"

ज्ञानो देवी की बहू विमला सिर झुकाकर बैठी है, "मैं नहीं जानती काग़ज़ी अधिकारों की भाषा, पर हाँ, ये ज़रूर चाहती हूँ कि मेरी बहू, मेरी पोती मुझसे बेहतर जीवन जिएँ।"

संसारचंद बाहर-भीतर बेचैनी से चहलकदमी कर रहे हैं, कितने असहाय, कितने बेचारे, क्या करें कि बहू का मन शांत हो सके, क्या करें कि सिद्धार्थ डॉक्टर बन सके।

किरण की आँखों से अंगारे बरस रहे हैं, ज़बान लावा उगल रही है।

सिद्धार्थ ने माँ को बाँहों में भर लिया, "मम्मी, तू परेशान मत हो, मैं समझ गया हूँ इस देश के लोग, सरकारें कौन सी भाषा समझते हैं। मैंने अख़बारों में पढ़ा है, तस्वीरें देखी हैं, कश्मीर में आतंकवादियों को आतंकवाद छोड़ने पर सरकारी नौकरियाँ दी जाती हैं, सुविधाएँ दी जाती हैं और हम जो पूरी ईमानदारी से देश के नियम-कानून पर चलते हैं, तिरंगे को अपनी शान मानते हैं, हिंदुस्तान ज़िंदाबाद के नारे लगाते हैं, हमें क्या मिलता है। मम्मी, 18 साल का हो गया हूँ मैं, सारी बातें ख़ूब समझ रहा हूँ। जम्मू-कश्मीर का कितना छोटा सा हिस्सा है श्रीनगर, उसके एक कोने में खड़ी जामा मस्ज़िद में, पुलवामा में, अनंतनाग में, बिजबहरा में जब लोग पाकिस्तान ज़िंदाबाद के नारे लगाते हैं, मिलिट्री पर, पुलिसवालों पर पत्थर फेंकते हैं तो उन पत्थरबाजों को सुधारने के लिए, रिहबिलेट करने के लिए सरकार स्कीम लाती है, जो राष्ट्रचिह्नों का अपमान करते हैं, उन्हें सरकार सुविधाएँ देती है और हम जो देश के हर कानून को मानते हैं, हमें क्या मिलता है बताओ? अब मैं भी श्रीनगर जाकर पुलिसवालों पर पत्थर फेंकूँगा, मिलिट्री पर पत्थर बरसाऊँगा, तब ये मुझे आतंकवादी कहेंगे, मुझे सुधारने के लिए अनेक-अनेक सुविधाएँ देंगे, मम्मी यहाँ शरीफ़ों के लिए जगह नहीं है। इस देश में बांग्लादेशी और रोहिंग्या जैसे घुसपैठी आकर बस जाते हैं, उन्हें कोई नहीं रोकता और मेरे बाप-दादे यहीं पैदा होकर भी रिफ़्यूजी कहलाते हैं। मैंने पढ़ा है, दुनिया के हर देश में यह नियम है कि आप अगर वहाँ पैदा होते हैं तो वहीं के नागरिक कहलाते हैं। जम्मू-कश्मीर में कौन से सुरख़ाब के पर लगे हैं? आप यहाँ भारत देश के नागरिक तो बन जाते हैं, परंतु जम्मू-कश्मीर के स्थायी निवासी नहीं बन पाते। अब मैं भी कहीं और जाकर बस जाऊँगा, बेइज़्ज़त होने के लिए इस जम्मू

में नहीं रहूँगा।" सिद्धार्थ की आँखों में आँसू थे, हाथ काँप रहे थे।

तभी नन्ही रिया आई, उसके दोनों हाथों में पत्थर थे, बोली, "चल भैया, मैं भी तेरे साथ पत्थर फेंकूँगी।" किरण धक् से रह गई, लगा—सबके सामने रँगे हाथों पकड़ी गई। अचानक भीतर का भूचाल थम गया।

बाहर राजेश की मोटर साइकिल रुकने की आवाज़ आई। वह घर के माहौल को भाँप न सका। बोला, "किरण, मैं अपना और सिद्धार्थ का पासपोर्ट बनवा रहा हूँ। हमारा सिद्धार्थ कनाडा जाकर डॉक्टर बनेगा। जम्मू में नहीं रहेगा।"

किरण हारी-सी आवाज़ में बोल रही थी, "लेकिन राजेश, यह अपना देश है। तस्वीर बदल रही है। हम-तुम बदलेंगे यह तस्वीर। हमारी-तुम्हारी कितनी-कितनी पुश्तें इसी जम्मू-कश्मीर में जन्मी हैं। सिद्धार्थ डॉक्टर बनेगा और जम्मू में ही बनेगा।" फिर डबडबाई आँखों से सिद्धार्थ की ओर देखती हुई बोली, "कनाडा मत जाना, देस बेगाना है। मत जाना बेटा!!"

□

सच तो यही है

15 अगस्त, 2018, सुबह के करीब नौ बजे का समय, सारा भारत देश आज़ादी की इकहत्तरवीं सालगिरह का उत्सव मना रहा है। 86 वर्षीय प्रेमसिंह भी सुबह-सुबह अपने 10 वर्षीय पड़पोते की उँगली थामे तेज़-तेज़ चल रहे हैं। कमीज़, पायजामा, काँधे पर परना। आज उन्होंने नया चश्मा पहना है, छोटे बेटे ने लाकर दिया है। प्रेमसिंह अपने पड़पोते से कहते हैं, "सुन ए राहुल, जैसे-जैसे धूप चढ़ेगी न, इस सफ़ेद चश्मे ने काला हो जाना है, धूप नहीं लगेगी आँखों को।" दस साल का राहुल अपने बड़े दादाजी को देखकर मुस्कुरा भर देता है। गाँव के परले सिरे पर आज झंडा-वंदन होगा, भाषण होंगे, मिठाइयाँ बँटेंगी। प्रेमसिंह का गाँव 'चक जाफ़र' जम्मू शहर से करीब 27 किलोमीटर की दूरी पर है। भारत-पाकिस्तान के बॉर्डर से बिल्कुल सटा हुआ। पाकिस्तान से कोई तबीयत से गोला उछाल दे, तो यहीं आकर फटेगा। प्रेमसिंह पहुँच गए हैं मैदान में। आसपास के अनेक गाँवों से लोग आकर बैठे हुए हैं, आज 15 अगस्त है न! प्रेमसिंह अंदाज़ा लगा रहे हैं—चार सौ के करीब लोग तो आ ही गए हैं। उन्होंने चारों तरफ़ नज़र दौड़ाई, अभी तो ताँता लगा हुआ है लोगों का। रंग-बिरंगे कपड़ों में, चेहरे पर प्यारी-सी मुस्कान लिये, उत्साह में डूबे लोगों का एक-दूसरे से मिलना, अपने बैठने के लिए जगह तलाशना, प्रेमसिंह भी बैठ गए। राहुल को उसके साथी मिल गए हैं। सभी बच्चे उचक-उचककर देख रहे हैं—ये लोग मिठाई लाना भूल तो नहीं गए। मिठाई खाकर यहाँ से फिर सीधे घर जाना है, पतंग उड़ानी है। पिछले तीन दिनों से तैयारियाँ चल रही हैं। अगले हफ़्ते तक

जम्मू का आसमान रंग-बिरंगा दिखता रहेगा। माँओं ने छतें बिल्कुल साफ़-सुथरी कर दी हैं, बच्चों का डेरा छत पर ही रहेगा, "रब! पानी न बरसे ज़्यादा बस्स!" तभी किसी ने ऊँची आवाज़ में कहा—'भारत माता की- जय···' सारे हुजूम ने चिल्लाकर कहा, प्रेमसिंह ने भी कहा, मुस्कुराने की कोशिश करते हुए। आँखों के आगे बरसों पुरानी तस्वीरें तैरने लगीं···

14 अगस्त, 1947, शाम के पाँच बज रहे हैं। सारे गाँव में दहशत सी फैली हुई है। 15 साल का प्रेमसिंह पिछले कुछ दिनों से इस सुगबुगाहट को अनुभव कर रहा था।

जमात 7 में पढ़नेवाले प्रेमसिंह को स्कूल में मास्टरजी ने बताया था कि "लाहौर में बम फटा है, रावलपिंडी में छुरे चल रहे हैं, अब यह हमारा देश नहीं है, पाकिस्तान बननेवाला है, हिंदुओं को यहाँ से जाना होगा, बँटवारा हो गया है।"

रोज़ मैदान में फ़ुटबॉल खेलने वाले प्रेमसिंह, करतार सिंह, मदनलाल सोचते हैं—ये बँटवारा क्या होता है? किसने किया यह बँटवारा? हम तो हिंदुस्तान में रहते हैं, अचानक ये पाकिस्तान कैसे बन गया? हिंदुओं को जाना होगा, लेकिन कहाँ? वे तो अपनी तहसील सियालकोट से कभी बाहर भी नहीं गए।

उसने देखा—माँ बदहवास सी, बड़े से घर के कमरों में बाहर-भीतर दौड़ रही है। काश! अपने गहनों की पोटली के साथ-साथ हर कमरे को भी पोटली में बाँध पाती! पीढ़ियाँ लगी हैं इस कोठी को बनाने में, सजाने में, सँवारने में, सँजोने में···

तायाजी (प्रेमसिंह के पिता) चिल्ला रहे हैं, "सारा गाँव खाली हो रहा है, 'वो' आ गए हैं, जल्दी चलो।"

घर में दादा हैं, दादी हैं, चाचा हैं, चाची हैं, उनके बच्चे हैं, बड़ा भाई, छोटी बहन, पूरे 18 लोगों का परिवार है। इस समय सबके चेहरों पर डर है, भयानक डर और प्रश्नचिह्न जाना कहाँ है? माँ ने रन्नो का हाथ कसकर पकड़ लिया है, सुना है जवान लड़कियों को तो···माँ ने रन्नो की तरफ़ देखा, दुपट्टे से उसका सिर ढक दिया, हथेलियाँ पसीने से भीगी हुई थीं, दिल ज़ोरों से धड़क रहा था, उसने प्रेमसिंह को पुकारते हुए कहा, "पुत्तर, साथ-साथ चल।"

दादी के पैर अपनी ही सलवार के पाँयचों में उलझ रहे थे, डोली में बैठकर आई थी वह इस घर में, इस गाँव में, छोटे-मोटे जमींदारों का परिवार है यह—है नहीं था—दादी बुदबुदा रही है। गाँव के 50-60 लोग दौड़े चले जा रहे हैं—दादी भी कोशिश कर रही है।

अँधेरा बढ़ता जा रहा है—बाहर भी, भीतर भी। छोटे बच्चे हैं कि रोते चले जा रहे हैं। अँधेरा, घुप्प अँधेरा। बड़े-बूढ़ों का कहना मान लिया जाता है कि रात यहीं जंगल में छिपकर बैठे रहेंगे। सब पास-पास बैठ गए हैं, बिल्कुल पास-पास, एक दूसरे की साँसों की आवाज़ कह रही है, "डरो मत, तुम्हारे साथ ही हूँ।" पुरुषों ने औरतों और बच्चों को चारों तरफ़ से घेर लिया है, लेकिन ख़ुद जानते हैं कि कितनी खोखली है यह घेरे की दीवार। 'वो' आएँगे कुल्हाड़े, तलवारें लिये, इनके पास तो छुरे भी नहीं हैं।

ग्यारह साल के सरदारीलाल ने छोटे भाई रतनचंद का हाथ पकड़ रखा है। 8 साल का रतनचंद अभी भी काँप रहा है। सबसे बड़ा भाई कहीं दिख नहीं रहा है, सरदारीलाल सोचता है, क्या उसे भी···नहीं-नहीं···। फिर आँखों के आगे वही दृश्य—लालाजी भीड़ में चल रहे हैं, 'वो' चार-पाँच पता नहीं कहाँ से आए, चीख़ें, चीख़ें और चीख़ें, एक कुल्हाड़ा चला, पिता का सिर···माँ तीनों बच्चों को पीछे ढकेल रही है, जाओ, भागो, कहीं छिप जाओ···कहाँ जाएँ···तभी माँ की गर्दन पर···रतनचंद ज़ोर से चीख़ा···सरदारी लाल ने उसका मुँह बंद कर दिया कसकर···। अँधेरे इस हुजूम में दोनों भाई दुबके हुए से बैठे हैं। आज की रात इतनी लंबी क्यों है ? मानो सदियों बाद सूरज उगा चाहता है। आज 15 अगस्त है, हिंदुस्तान आज़ाद हो गया है।

हल्के-हल्के धुँधलके में सब जानने की कोशिश कर रहे हैं कि हम सब हैं कहाँ पर! 'ऊपर की तरफ़ से जाएँगे, छिपते-छिपाते जम्मू पहुँच जाएँगे।'

कुछ और लोग जत्थे से जुड़ गए हैं, ज़्यादा लोगों को देख हिम्मत बँधती है। तभी···ये भागदड़ कैसी··· 'वो' आ गए···फिर वही चीख़ें, वही दहशत, वही लूट-खसोट 'वो' जैसे आए थे, वैसे ही चले भी गए।

कुछ लाशें गिरीं, कुछ घायल हुए, कुछ की जमापूँजी चली गई। अब किसी को किसी के लिए रुकना नहीं है। जल्द-से-जल्द सरहद पार कर लें बस! हमारे

वहाँ पहुँचने की देर है। हम भी आज़ाद देश के आज़ाद बाशिंदे बन जाएँगे। सरहद पार कर लें बस!

'पर है कहाँ यह सरहद?' प्रेमसिंह नहीं जानता।

अगस्त की तपती दोपहर, गला सूखा जा रहा है, सभी जानते हैं, पानी नहीं मिलेगा। गोद के बच्चे चीख़ने लगे हैं—छातियों में दूध उतरेगा कहाँ से, भूखी माँएँ···भूखे बच्चे···चल रहे हैं अपने वतन की ओर। शाम का धुँधलका अँधेरे में बदलने लगा है, धीरज जवाब देने लगा है, रात का हौव्वा तेज़ी से इस निहत्थे, निराश, मासूम से जत्थे की ओर बढ़ रहा है। फिर तय होता है, आज की रात इसी जंगल में बिताएँगे। कुछ भूख से, कुछ प्यास से, कुछ ख़ौफ़ से सभी पस्त पड़े हैं, चुपचाप, अपने भीतर का डर छिपाए हुए। अँधेरे के बाद उजाला होना था, सो हुआ भी, इनका अँधेरा कब मिटेगा? "आज शाम तक की बात है, पहुँचे ही समझो।" पता नहीं कहाँ से ताक़त आ गई। भूखे-प्यासों का जत्था फिर चल पड़ा। अँधेरा होने से पहले वे सभी सचमुच सरहद पार पहुँच गए।···बुज़ुर्गों ने गहरी साँस ली—चलो, अपने देश पहुँच ही गए। अब नई आज़ाद ज़िंदगी शुरू···आज 15 अगस्त, 2018 है। प्रेमसिंह सोच रहे हैं, हम तो आज भी ग़ुलाम ही हैं।

सरहद पार करते ही उन अधमरों को नई ज़िंदगी दी नाते-रिश्तेदारों ने। सभी गले मिल रहे हैं, रो रहे हैं, हँस भी रहे हैं, खा रहे हैं, सुला रहे हैं, लेकिन सरहद पार से आए लोगों को विश्वास नहीं हो रहा है कि वे ज़िंदा हैं। रास्ते में अपनों के बिछड़ने की कथा, कैसे गुज़रे ये तीन दिन, कैसी थीं वे भयानक रातें, क़िस्से हैं कि ख़त्म नहीं हो रहे।

इन्हीं लोगों में बहुत से बदनसीब ऐसे भी हैं, जिनका यहाँ कोई नहीं है। फिर भी अजनबी लोग उनकी मदद कर रहे हैं। सूखे होंठों की प्यास बुझी है, दो-दो निवाले हलक से नीचे उतरे हैं, लेकिन आँखों में नींद की जगह ख़ौफ़ है, केवल ख़ौफ़। बातों-बातों में दिन निकल आया। अब? अब एक अंतहीन संघर्ष का प्रारंभ।

ग्यारह साल का खिलंदड़ा सरदारीलाल अचानक रतनचंद का माँ और बाप दोनों बन गया है। उनका यहाँ कोई नहीं है। हफ़्ता भर तो एक परिवार में टिके रहे, फिर ख़ुद ही निकल पड़े। सरदारीलाल का दिन दिहाड़ी ढूँढ़ने में

गुज़रता और रातें रतनचंद को सुलाने में। अपना घर याद आता, खेत-खलिहान, भेड़-बकरियाँ, दो जोड़ी बैल, दूध-दही से भरे बरतन, भाई, माँ, लालाजी··· कुल्हाड़ा···नहीं, वह कुछ याद नहीं करेगा।

कुछ ही दिनों में प्रेमसिंह को समझ में आने लगा कि अब उन लोगों को नया नाम मिला है—'रिफ़्यूजी', 'वेस्ट पाकिस्तान से आए रिफ़्यूजी'। पर जनाब हम रिफ़्यूजी कैसे हुए? हम तो हिंदुस्तान में ही रहते थे···हिंदुस्तान में ही रह रहे हैं··· रिफ़्यूजी कैसे हो गए! वहाँ ज़ोर-जबरदस्ती कर रहे थे या तो मुसलमान बन जाओ या पाकिस्तान छोड़कर चले जाओ, हिंदुओं के लिए इस देश में जगह नहीं है तो हम यहाँ चले आए। कुछ ग़लत कर दिया क्या? मुसलमान बन जाना था क्या? वहीं मर-कट जाना था क्या? शायद हाँ···71 साल लंबी इस ग़ुलामी से तो बच जाते। यह ग़लीज, बेइज़्ज़त ज़िंदगी तो न जीनी पड़ती। प्रेमसिंह बैठे सोच रहे हैं—कब बीत गए ये 71 साल?

पहले रिश्तेदारों के घर रहे, फिर मुसलमानों के खाली पड़े घरों में ही लोगों ने अपना ठिकाना बना लिया। सरहद पार से गाड़ियाँ आ रही थीं, इस पार से जा रही थीं। समय गुज़रता जा रहा था और हालात बिगड़ते जा रहे थे। सरहद के उस पार से आए लोगों को 'वेस्ट पाकिस्तानी रिफ़्यूजी' कहा जाता था। सरकार उन्हें कोई सहूलियत, कोई पहचान देने को तैयार नहीं थी। सन् 1950 की एक शाम पूरे परिवार के साथ प्रेमसिंह भी सवार था एक ट्रक पर पठानकोट जाने के लिए। वहाँ हमारे पंजाबी भाई-बंधु हैं, अच्छी कटेगी। तभी लखनपुर से ट्रकों को मोड़ दिया गया। जम्मू-कश्मीर के प्रधानमंत्री शेख़ अब्दुल्ला लोगों से कह रहे थे—"जम्मू छोड़कर न जाओ, सरहद के पास का पूरा इलाक़ा खाली पड़ा है, उन खाली पड़े मकानों में रहो, खेतों में खेती करो, वहीं बस जाओ। मैं हर तरह से तुम लोगों की मदद करूँगा।" और सारे ट्रक लौट आए। शेख़ अब्दुल्ला पर सभी को पूरा विश्वास था।

प्रेमसिंह ने फिर से अपनी पढ़ाई शुरू की। तायाजी अपनी सरहद पार की ज़मींदारी को भुलाकर दूसरों के खेतों में दिहाड़ी मजदूरी करते-करते एक दिन चल बसे, माँ के गहनों की पोटली हल्की होते-होते एक दिन खाली हो गई। प्रेमसिंह फ़ौज में भर्ती हो गया। 1952 का साल था वह, प्रेमसिंह ने अपनी पहली

तनख़्वाह यानी पचास रुपए माँ को भेजे, माँ ने सारे पैसे गाँव की बच्चियों में बाँट दिए कि "मेरे बेटे ने भेजे हैं।" बेहतर दिनों का इंतज़ार करते-करते माँ ने भी एक दिन दम तोड़ दिया। बिखरी ज़िंदगी कुछ ढर्रे पर आ रही थी, बहन की शादी करवाई। सन् 1962 और 1965 का युद्ध लड़ा। कोमल सा दिखनेवाला, मृदुभाषी, शर्मीला प्रेमसिंह अब मशीनगन चला रहा था। वहीं युद्ध के मैदान में बचपन के साथी करतार सिंह से मुलाक़ात हुई। 65 की लड़ाई के बाद पता चला कि करतार सिंह शहीद हो गया। कैसी विडंबना है—रिफ़्यूजी कहलानेवाला नौजवान हाथों में मशीनगन लिये देश रक्षा में लगा है और कश्मीर के कुछ गुमराह नौजवान, जिन्हें हर सुविधा मिल रही है, वे हाथों में पत्थर और हथगोले लिये अपने ही देश के सैनिकों और पुलिसवालों को मौत के घाट उतार रहे हैं, कब बदलेगी यह तस्वीर? जम्मू-कश्मीर-लेह-लद्दाख यह है पूरा राज्य, लेकिन सारी मलाई अकेले कश्मीरी खा रहे हैं।

दिहाड़ी मजदूर सरदारीलाल ने तिनके-तिनके जोड़कर अपनी गृहस्थी बसाई। रतनचंद ने फ़ौज में नौकरी की। 1965 और 1971 की लड़ाई लड़ी। सन् 1971 की लड़ाई में हिंदुस्तानी फ़ौज ने पाकिस्तानी फ़ौज को खदेड़ दिया, सरहद पार करते हुए भीतर तक पहुँच गई—सियालकोट तक। 1947 में सरहद पार से आए जम्मूवासियों के लिए तो एक नया अध्याय प्रारंभ हो गया। दौड़ पड़े सब, अपना-अपना लुटा-पिटा घर देखने, बच्चे बन गए सब-के-सब। अपने बच्चों को अपना घर दिखला रहे रहे हैं, दीवारों से लिपट-लिपटकर रो रहे हैं। माँ यहाँ रोटी बनाती थी, दादी यहाँ कहानी सुनाती थी, इस आँगन में लालाजी ने मेरी पिटाई की थी—पैसे चुराए थे मैंने उनकी जेब से। यहाँ मेरा स्कूल था, यहाँ हम फ़ुटबॉल खेलते थे। यादों का अंत नहीं···अब वे सभी रोज़ सुबह रोटियाँ लेकर सपरिवार अपने गाँव पहुँच जाते, वहाँ बैठकर खाते और शाम ढले लौट आते। प्रेमसिंह के घर में कोई मुसलमान परिवार रह रहा था। सरदारी लाल ने देखा, उनके चाचा-ताया चार भाइयों का बड़ा सा मकान अब कई हिस्सों में बँटा हुआ है। गलियाँ चौबारे सूने पड़े हैं, सड़कें तक नहीं बनी हैं, सबकुछ वीरान पड़ा है।

सन् 1947 में आए नौजवान-नवयुवतियाँ अब दादा-दादी, नाना-नानी बन गए हैं। जब सब साथ मिलकर बैठते हैं तो चर्चा का एक ही विषय उठता

है—अपने माथे से 'वेस्ट पाकिस्तानी रिफ़्यूजी' का कलंक कैसे मिटाएँ। जम्मू-कश्मीर की सरकार ने केवल 1944 तक के जम्मू-कश्मीर के निवासियों को ही जम्मू-कश्मीर का नागरिक माना है। उन्हें पी.आर.सी. दी है। विभाजन के दौरान आए भारतीय आज भी वहाँ शरणार्थी ही कहलाते हैं।

अब इनका धीरज जवाब देने लगा है, ये चाहते हैं कि इन्हें भी पी.आर.सी. दी जाए, ताकि ये लोग भी सम्मान की ज़िंदगी जी सकें। अब भाषणों के बोल तीख़े होते जा रहे हैं, तनी हुई मुट्ठियाँ हवा में उछल रही हैं।

धीर-गंभीर रहनेवाले प्रेमसिंह रतनचंद से कहते हैं, "सबर करो, धीरे-धीरे सब ठीक हो जाना है।"

रतनचंद का ख़ून खौल उठा, "क्या ठीक हो जाएगा? कल मेले में मुख्यमंत्री हमें खुलेआम लताड़कर चली गई। हमारा भाँगड़ा पाना, गीत गाना उसे पसंद नहीं आया। क्या ठीक होगा प्रेमसिंह जी! अपने लिए, अपने बच्चों के लिए तो कुछ नहीं कर सके, अब क्या हमारे नाती-पोतों ने भी ऐसे ही रहना है रिफ़्यूजी बनकर?"

प्रेमसिंह को लगा मानो किसी ने सरेआम उन्हें चाँटा जड़ दिया हो। उन्होंने अपना गला साफ़ किया, आँखें पोंछीं और रतन सिंह का हाथ पकड़कर बोले, "अब जैसा तू बोलेगा, वैसा ही करूँगा।"

घाव ताज़ा था—दो दिन पहले की ही बात है, वे कमला के साथ बैठे पुरानी यादों में खोए बातें कर रहे थे। सन् 64 की शाम थी, फ़ौज से छुट्टी पर आए हुए थे, उन्होंने कमला से कहा, 'तैयार हो जा, फ़िल्म देखने चलेंगे।' कमला भौंचक, पहली बार पति-पत्नी फ़िल्म देखने गए। 'वक़्त' वो भी बालकनी में बैठकर देखी। वह बड़ा सा परदा, वे नए-नए रंग, एक पूरी नई दुनिया खुल रही थी कमला की आँखों के आगे। उसने मुड़कर अपने पति की ओर देखा—आसमानी रंग का कुरता-पायजामा, उस पर नीला कोट, सिर पर पगड़ी, गोरा रंग, तनी हुई मूँछें, कितना सुंदर है उसका पति, सचमुच कमला बहुत सुखी है। उसने अपने आप को परखा—उसने बैंगनी रंग का सलवार-कुरता पहना है, गुलाबी दुपट्टे से ढका सिर, कानों में झुमके, हाथों में कंगन—हर छुट्टी में आते ही प्रेमसिंह एक गहना ज़रूर बनावाते हैं उसके लिए। पति-पत्नी अनायास ही मुस्कुराए, प्रेमसिंह

गुनगुना रहे हैं, 'ऐ मेरी ज़ोहरा ज़बीं, तुझे मालूम नहीं, तू अभी तक है हँसीं और मैं जवाँ…' मुस्कुराती कमला के मुख से अनायास ही निकल गया, "अजी छड्डो! न अब मैं सुंदर दिखती और न आप जवान।"

प्रेमसिंह कुछ कहते, तभी उनका 30 वर्षीय पोता अपनी पत्नी के साथ आकर खड़ा हो गया, बोला, "पा'जी, आज मैं फिर रिजेक्ट हो गया। सबकुछ अच्छा चल रहा था, बात फिर उसी पी.आर.सी. पर आकर अटक गई। इतनी बढ़िया नौकरी हाथ से निकल गई। कब तक घुट-घुटकर जीता रहूँ? बेइज़्ज़त होता रहूँ? क्यों आए थे आप इस जम्मू में? क्या धरा है यहाँ? लोग मुझसे कहते हैं, तुम तो वेस्ट पाकिस्तान से आए रिफ़्यूजी हो, वापस लौट जाओ, तुम्हारा यहाँ कुछ नहीं होने का। पा'जी, मैं रिफ़्यूजी कैसे हो गया? मेरे माँ-बाप जम्मू में पैदा हुए। मैं, मेरे भाई-बहन जम्मू में पैदा हुए, मैं रिफ़्यूजी नहीं हूँ। लेकिन फिर भी हम यहाँ घर नहीं ख़रीद सकते, क्योंकि यहाँ के स्थायी निवासी नहीं हैं। किसी प्रोफ़ेशनल कॉलेज में पढ़ नहीं सकते, क्योंकि हम यहाँ के स्थायी निवासी नहीं हैं। सरकारी नौकरी नहीं पा सकते, व्यापार नहीं कर सकते, क्योंकि यहाँ के स्थायी निवासी नहीं हैं।"

प्रेमसिंह सोचने लगे कि लड़ाई के मोर्चे पर लड़ना आसान था, ये जम्मू की लड़ाई कैसे लड़ूँ। बेटे, नाती-पोते जब सामने खड़े होकर प्रश्नों की गोलियाँ बरसाते हैं, तब प्रेमसिंह को लगता है कि युद्ध के मैदान में दुश्मनों की गोलियों का सामना करना आसान था, अपना ही ख़ून जब बारूद उगलता है, तब सहन नहीं होता, आँसू बहने लगते हैं, लेकिन सच ही तो कह रहा है यह।…

कितने प्यारे थे वो दिन, जब कमला को ब्याहकर लाया था। पहली बेटी को गोद में लेते ही दिल झूम उठा था, 'अब हम भी बच्चोंवाले हो गए।' लेकिन दूसरे ही पल सारी ख़ुशी ख़त्म हो गई, ये सोचकर कि मेरी बेटी भी रिफ़्यूजी ही कहलाएगी। अपनी पत्नी, बेटी और तीनों बेटों के साथ अपने मकान में रहना—गर्व होता था, लेकिन कभी-कभी लगता, किसी ने पैरों तले की ज़मीन खींच ली है, क्योंकि 'पी.आर.सी. के बग़ैर ये घर कभी भी मुझसे छीना जा सकता है।' छुट्टियों में परिवार को लेकर जम्मू घूमने जाते, लेकिन किसी राह चलते से नज़र न मिलाते, लगता लोग मेरी आँखों में लिखे 'रिफ़्यूजी' को पढ़ लेंगे।

यह डर खाए जा रहा है प्रेमसिंह को, सरदारीलाल को, रतनचंद को, मिल्खीराम को, करणसिंह को, बनारसीलाल को उन जैसे लाखों रिफ़्यूजियों को। क्यों मान लिया उस शाम शेख़ अब्दुल्ला का कहना! शेख़ अब्दुल्ला चले गए, फ़ारूख़ अब्दुल्ला आए और फिर उमर अब्दुल्ला भी, तीन पीढ़ियाँ शासक बनीं, लेकिन लाखों प्रेमसिंह, लाखों सरदारीलाल यहाँ शरणार्थी ही बने रहे। जम्मू-कश्मीर की सरकार ने कानून बनाया है कि 1947 में जो लोग ज़मीन, खेत-खलिहान छोड़कर पाकिस्तान चले गए थे, वे जब भी लौटकर आएँगे, उन्हें उनके खेत, मकान लौटा दिए जाएँगे। दूसरी तरफ़ हम जो 1947 में यहाँ आए, 1954 में भी यहीं रह रहे थे, अचानक सरकार ने घोषणा कर दी कि 1944 में जिनकी प्रॉपर्टी थी, केवल वही यहाँ के स्थायी निवासी हैं। ऐसा निर्णय कैसे ले सकी सरकार? देश का विभाजन इतनी बड़ी घटना थी, सरहद के दोनों ओर इतनी आवाजाही हुई, लेकिन जम्मू-कश्मीर की सरकार ने ऐसा कानून बनाया, मानो कुछ हुआ ही न हो। सन् 1947 में हमें बॉर्डर पर ही रोक लिया और जब हम यहीं रहने लगे, तब 1954 में नया कानून बनाकर हमें पूरी तरह बर्बाद कर दिया। कितना इकतरफ़ा निर्णय है यह! पूर्व और पश्चिम पाकिस्तान से आए हुए हिंदू-मुसलमान पूरे देश में बसे हुए हैं, हर अधिकार उन्हें मिला है, तो फिर हम जम्मू-कश्मीर वालों पर ही यह कहर क्यों? जीवन गुज़र गया यहाँ पूरी ईमानदारी से मेहनत-मजदूरी करते, लेकिन सम्मान का जीवन नहीं जी पाए।

मीटिंग में रतनचंद कह रहा है, "हमें भेज दें देश के किसी कोने में, हम फिर जड़ें जमा लेंगे। मेहनत मजदूरी से न डरे हैं, न डरेंगे, लेकिन यह बेइज़्ज़ती नहीं सही जाती।" कल ही दोपहर पोते कुलदीप की मार्क्सशीट देख रतनचंद बहुत खुश हुए थे। पोते ने बताया, वज़ीफ़ा मिलेगा आगे की पढ़ाई के लिए। लेकिन शाम के वक़्त तमतमाया चेहरा लिये कुलदीप आया और अपनी मार्क्सशीट पटक दी ज़मीन पर, बोला, "क्यों आए थे यहाँ? क्यों पैदा किया मुझे? क्यों भेजा अच्छे स्कूल में? मेरे माथे पर रिफ़्यूजी लिखा है पापा।" कमरे में सन्नाटा छा गया। 18 साल के उस किशोर को रोते देख रतनचंद के भी आँसू बह चले। पता चला 'रिफ़्यूजियों' को वज़ीफ़ा भी नहीं मिलता। पड़ोसन जाते-जाते उलहना दे गई, "बेटा, वैसे भी पढ़कर क्या करना है, नौकरी तो तुझे मिलनी नहीं।"

तड़पकर रह गया रतनचंद। कब तक और झेलनी है यह ग़ुलामी? विभाजन के दौरान आया एक आदमी डॉ. मनमोहन सिंह देश का प्रधामनंत्री बन जाता है, दूसरा प्रेमसिंह 71 साल बाद भी पीढ़ी-दर-पीढ़ी रिफ़्यूजी ही कहलाता है।

प्रेमसिंह के लिए जम्मू-कश्मीर एक अबूझ पहेली बनता जा रहा है। जितना सोचते हैं, गहन अंधकार में खोते चले जाते हैं। जम्मू-कश्मीर की सरकारें तो सचमुच बड़ी बेग़ैरत निकलीं। प्रेमसिंह के स्वर्गीय साथी राम सिंह का फ़ौजी पोता उन्हें समझा रहा था, "दादाजी, भारत के वीर सैनिकों में से कुल जमा 29 वीरों को परमवीर चक्र मिले हैं, आप जानो कि इनमें से 16 परमवीर चक्र जम्मू-कश्मीर की धरती पर लड़ते सैनिकों को मिले हैं और इनमें से 15 सैनिक जम्मू-कश्मीर से बाहर के थे। आँसू आ जाते हैं, जब पता चलता है कि इन सैनिकों ने जिस जम्मू-कश्मीर के लिए जान की बाज़ी लगा दी, वह जम्मू-कश्मीर इन्हें एक इंच ज़मीन नहीं देता। जिस ज़मीन को बचाने के लिए, जहाँ के निवासियों की रक्षा के लिए वे शहीद हो गए, वहाँ उनके लिए, उनके अपनों के लिए कोई जगह नहीं है। यानी आप देश के हर कोने से आइए, जम्मू-कश्मीर की हिफ़ाज़त कीजिए, जान की बाज़ी लगा दीजिए, भारत सरकार आपको परमवीर चक्र दे देगी, लेकिन जम्मू-कश्मीर आपको छत नहीं देगा।" प्रेमसिंह अपना पोपला मुँह लिये उसे ताकते रहे। क्या कहें? कैसे दिलासा दें इस नौजवान फ़ौजी को? उन्होंने ख़ुद देखा है देश के कोने-कोने से आई.ए.एस. अफ़सर जम्मू-कश्मीर आते हैं, ज़िंदगी के बेहतरीन 25-30 साल जम्मू-कश्मीर की सेवा में लगा देते हैं, लेकिन रिटायरमेंट के बाद यहाँ अपने लिए मकान तक नहीं ख़रीद सकते, उनके बच्चों को यहाँ कोई अधिकार नहीं मिलता। पूरी जवानी, पूरा जीवन जम्मू-कश्मीर को दे देते हैं ये अधिकारी और बदले में जम्मू-कश्मीर उन्हें बाहर का रास्ता दिखा देता है।

अब नहीं, अब और नहीं। हर तरफ़ सुगबुगाहट है, तस्वीर बदलनी होगी और बदलेगी भी। पिछली पीढ़ी के उनके नेता दिल्ली तक गए और कोरे आश्वासन लेकर लौट आए। अब आश्वासनों से काम नहीं चलेगा। अब तो सबने सिर पर कफन बाँध लिया है। 'अधिकार दो या मार दो' का नारा बुलंद है। अपने पर लगी चोट इन्सान सह लेता है, लेकिन अपनी संतान के आँसू नहीं

देख पाता। आज मिल्खीराम की बेटी का रिश्ता नहीं हो पा रहा, क्योंकि उसके पास पी.आर.सी. नहीं है। काका राम के बेटे को कोई बेटी देने को तैयार नहीं, क्योंकि उसके पास पी.आर.सी. नहीं है। प्रेमसिंह के बेटे तो 11वीं के आगे पढ़ ही नहीं पाए, क्योंकि उनके पास पी.आर.सी. नहीं थी। पंचायत के चुनाव हों या विधानसभा के चुनाव, ये लोग मतदान नहीं कर सकते, क्योंकि पी.आर.सी. नहीं है। बच्चे चीख़-चीख़कर पूछ रहे हैं, "कहाँ हैं हमारे बुनियादी अधिकार?" प्रेमसिंह के पिता जम्मू आए अपने परिवार की जान बचाने के लिए, प्रेमसिंह ने पूरा जीवन समर्पित कर दिया देश के लिए, भारत सरकार ने 'वीरचक्र' से सम्मानित किया है उनके शौर्य को, लेकिन जम्मू-कश्मीर की सरकार उन्हें और उनके परिवार को जम्मू-कश्मीर का स्थायी निवासी तक नहीं मानती। तीनों बेटे सामान्य सा जीवन जी रहे हैं कि कुछ परिवर्तन हो और चौथी पीढ़ी को न्याय मिले। आजकल प्रेमसिंह जहाँ कहीं जाते हैं, 35ए की बातें करते-सुनते हैं। इसे हटाना ही होगा।

गला रुँध जाता है, अब और सहा नहीं जाता, क्या क़सूर है हमारा? क्या पाप किया था हमने? आज़ाद भारत में हमारी चार पीढ़ियाँ क्यों ग़ुलामी का जीवन बसर कर रही हैं? 15 अगस्त, 1947 को जम्मू आकर क्या हमने ग़लती कर दी? आज़ाद देश के ग़ुलाम हैं हम। तभी वक़्ता ने ज़ोर से आवाज़ लगाई—"भारत माता की···" सभी के साथ-साथ प्रेमसिंह भी ज़ोर से बोले, "जय!" उनके गाल भीगे हुए थे। आज बादल तो बरसे नहीं थे, फिर···

□

परिशिष्ट

भारतीय संविधान-अनुच्छेद 370[1]

(1) इस संविधान में किसी बात के होते हुए भी—

(क) अनुच्छेद 238 के उपबंध जम्मू-कश्मीर राज्य के संबंध में लागू नहीं होंगे;

(ख) उक्त राज्य के लिए विधि बनाने की संसद् की शक्ति—

(i) संघ सूची और समवर्ती सूची के उन विषयों तक सीमित होगी, जिनको राष्ट्रपति, उस राज्य की सरकार से परामर्श करके, उन विषयों के तत्स्थानी विषय घोषित कर दे, जो भारत डोमिनियन में उस राज्य के अधिमिलन को शासित करनेवाले अधिमिलन-पत्र में ऐसे विषयों के रूप में विनिर्दिष्ट हैं, जिसके संबंध में डोमिनियन विधानमंडल उस राज्य के लिए विधि बना सकता है; और

(ii) उक्त सूचियों के उन अन्य विषयों तक सीमित होगी जो राष्ट्रपति, उस राज्य की सरकार की सहमति से, आदेश द्वारा, विनिर्दिष्ट करे।

स्पष्टीकरण—इस अनुच्छेद के प्रयोजनों के लिए, उस राज्य की सरकार से वह व्यक्ति अभिप्रेत है, जिसे राष्ट्रपति से, जम्मू-कश्मीर के महाराज की 5 मार्च, 1948 की उद्घोषणा के अधीन तत्समय पदस्थ मंत्रिपरिषद् की सलाह पर कार्य करनेवाले जम्मू-कश्मीर के महाराज के रूप में तत्समय मान्यता प्राप्त थी—

(ग) अनुच्छेद 1 और इस अनुच्छेद के उपबंध उस राज्य के संबंध में लागू होंगे;

(घ) इस संविधान के ऐसे अन्य उपबंध ऐसे अपवादों और उपांतरणों के अधीन रहते हुए, जो राष्ट्रपति आदेश द्वारा[1] विनिर्दिष्ट करे, उस राज्य के संबंध में लागू होंगे—

परंतु ऐसा कोई आदेश जो उपखंड (ख) के पैरा (i) में निर्दिष्ट राज्य के

अधिमिलन-पत्र में विनिर्दिष्ट विषयों से संबंधित है, उस राज्य की सरकार से परामर्श करके ही किया जाएगा, अन्यथा नहीं—

परंतु यह और कि ऐसा कोई आदेश जो अंतिम पूर्ववर्ती परंतुक में निर्दिष्ट विषयों से भिन्न विषयों से संबंधित है, उस सरकार की सहमति से ही किया जाएगा, अन्यथा नहीं।

(2) यदि खंड (1) के उपखंड (ख) के पैरा (ii) में या उस खंड के उपखंड (घ) के दूसरे परंतुक में निर्दिष्ट उस राज्य की सरकार की सहमति, उस राज्य का संविधान बनाने के प्रयोजन के लिए संविधान सभा के बुलाए जाने से पहले दी जाए, तो उसे ऐसी संविधान सभा के समक्ष ऐसे विनिश्चय के लिए रखा जाएगा, जो वह उस पर करे।

(3) इस अनुच्छेद के पूर्वगामी उपबंधों में किसी बात के होते हुए भी, राष्ट्रपति लोक अधिसूचना द्वारा घोषणा कर सकेगा कि यह अनुच्छेद प्रवर्तन में नहीं रहेगा या ऐसे अपवादों या उपांतरणों सहित ही और ऐसी तारीख़ से, प्रवर्तन में रहेगा, जो वह विनिर्दिष्ट करे—

परंतु राष्ट्रपति द्वारा ऐसी अधिसूचना निकाले जाने से पहले खंड (2) में निर्दिष्ट उस राज्य की संविधान सभा की सिफारिश आवश्यक होगी।

---

1. इस अनुच्छेद द्वारा प्रदत्त शक्तियों का प्रयोग करते हुए राष्ट्रपति ने जम्मू और कश्मीर राज्य की संविधान सभा की सिफारिश पर यह घोषणा की कि 17 नवंबर, 1952 से उक्त अनुच्छेद 370 इस उपांतरण के साथ प्रवर्तनीय होगा कि उसके खंड(1) में स्पष्टीकरण के स्थान पर निम्नलिखित स्पष्टीकरण रख दिया गया है, अर्थात्—

"**स्पष्टीकरण**—इस अनुच्छेद के प्रयोजनों के लिए राज्य की सरकार से वह व्यक्ति अभिप्रेत है, जिस राज्य की विधानसभा की सिफारिश पर राष्ट्रपति ने राज्य की तत्समय पदारूढ़ मंत्रिपरिषद् की सलाह पर कार्य करनेवाले जम्मू-कश्मीर के सदरे रियासत* के रूप में मान्यता प्रदान की हो।"

(विधि मंत्रालय आदेश सं.आ. 44, दिनांक 15 नवंबर, 1952)

* अब 'राज्यपाल'।

□

भारतीय संविधान-अनुच्छेद 35क

इस संविधान में अंतर्विष्ट किसी बात के होते हुए भी, जम्मू-कश्मीर राज्य में प्रवृत्त ऐसी कोई विद्यमान विधि और इसके पश्चात् राज्य के विधानमंडल द्वारा अधिनियमित ऐसी कोई विधि—

(क) जो उन व्यक्तियों के वर्गों को परिभाषित करती है, जो जम्मू-कश्मीर राज्य के स्थायी निवासी हैं या होंगे, या

(ख) जो—

(i) राज्य सरकार के अधीर नियोजन;

(ii) राज्य में स्थावर संपत्ति के अर्जन;

(iii) राज्य में बस जाने; या

(iv) छात्रवृत्तियों के या ऐसी अन्य प्रकार की सहायता के जो राज्य सरकार प्रदान करे, अधिकार की बाबत ऐसी स्थायी निवासियों को कोई विशेष अधिकार और विशेषाधिकार प्रदत्त करती है या अन्य व्यक्तियों पर कोई निर्बंधन अधिरोपित करती है, इस आधार पर शून्य नहीं होगी कि वह इस भाग के किसी उपबंध द्वारा भारत के अन्य नागरिकों को प्रदत्त किन्हीं अधिकारों से असंगत है या उनको छीनती या न्यून करती है।"

(v) भाग 5

(1) [(क) अनुच्छेद 55 के प्रयोजनों के लिए जम्मू-कश्मीर राज्य की जनसंख्या तिरसठ लाख समझी जाएगी;

(ख) अनुच्छेद 81 में, खंड (2) और (3) के स्थान पर निम्नलिखित खंड रखे जाएँगे, अर्थात्—

"(2) खंड (1) के उपखंड (क) के प्रयोजनों के लिए—

(क) लोकसभा में राज्य को छह स्थान आवंटित किए जाएँगे,

(ख) परिसीमन अधिनियम, 1972 के अधीन गठित परिसीमन आयोग द्वारा राज्य को ऐसी प्रक्रिया के अनुसार जो आयोग उचित समझे, एक सदस्यीय प्रादेशिक निर्वाचन-क्षेत्रों में विभाजित किया जाएगा;

(ग) निर्वाचन-क्षेत्र में, यथासाध्य, भौगोलिक रूप से सहत क्षेत्र होंगे और उनका परिसीमन करते समय प्राकृतिक विशेषताओं, प्रशासनिक इकाइयों की विद्यमान सीमाओं, संचार की सुविधाओं और लोक सुविधा को ध्यान में रखा जाएगा;

(घ) उन निर्वाचन-क्षेत्रों में, जिनमें राज्य विभाजित किया जाए, पाकिस्तान अधिकृत क्षेत्र समाविष्ट नहीं होंगे।

(3) खंड (2) की कोई बात लोकसभा में राज्य के प्रतिनिधित्व पर तब तक प्रभाव नहीं डालेगी, जब तक परिसीमन अधिनियम, 1972 के अधीन संसदीय निर्वाचन-क्षेत्रों के परिसीमन से संबंधित परिसीमन आयोग के अंतिम आदेश या आदेशों के भारत के भारत के राजपत्र में प्रकाशन की तारीख़ को विद्यमान सदन का विघटन न हो जाए।

(4) (क) परिसीमन आयोग राज्य की बाबत अपने कर्तव्यों में अपनी सहायता करने के प्रयोजन के लिए अपने साथ पाँच व्यक्तियों को सहयोजित करेगा, जो राज्य का प्रतिनिधित्व करनेवाले लोकसभा के सदस्य होंगे।

(ख) राज्य से इस प्रकार सहयोजित किए जाने वाले व्यक्ति सदन की संरचना का सम्यक् ध्यान रखते हुए लोकसभा के अध्यक्ष द्वारा नामनिर्दिष्ट किए जाएँगे।

(ग) उपखंड (ख) के अधीन किए जाने वाले प्रथम नामनिर्देशन लोकसभा के अध्यक्ष द्वारा संविधान (जम्मू-कश्मीर को लागू होना) दूसरा संशोधन आदेश, 1974 के प्रारंभ से दो मास के भीतर किए जाएँगे।

(घ) किसी भी सहयोजित सदस्य को परिसीमन आयोग के किसी विनिश्चय पर मत देने या हस्ताक्षर करने का अधिकार नहीं होगा।

□

जम्मू-कश्मीर संविधान की प्रस्तावना

Preamble–WE, THE PEOPLE OF THE STATE OF JAMMU AND KASHMIR, having solemnly resolved, in pursuance of the accession of this State to India which took place on the twenty-sixth day of October 1947 to further define the existing relationship of the State with the Union of India as an integral part thereof, and to secure to ourselves–

JUSTICE, social, economic and political;

LIBERTY of thought, expression, belief, faith and worship;

EQUALITY of status and of opportunity; and to promote among us all;

FRATERNITY assuring the dignity of the individual and the unity of the Nation;

In OUR CONSTITUENT ASSEMBLY this seventeenth day of November 1956, do HEREBY ADOPT, ENACT AND GIVE TO OURSELVES THIS CONSTITUTION.

□

परिशिष्ट-4

जम्मू-कश्मीर संविधान-अनुच्छेद 3 तथा 6

Section 3. Relationship of the State with the Union of India:

The State of Jammu and Kashmir is and shall be an integral part of the Union of India.

Section 6: Permanent residents: (1) Every person who is, or is deemed to be, a citizen of India under the provisions of the Constitution of India shall be a permanent resident of the State, if on the fourteenth day of May, 1954—

(a) he was a State Subject of Class I or of Class II; or

(b) having lawfully acquired immovable property in the State, he has been ordinarily resident in the State for not less than ten years prior to that date.

(2) Any person who, before the fourteenth day of May 1954, was a State Subject of Class I or of Class II and who having migrated after the first day of March 1947, to the territory now included in Pakistan, returns to the State under a permit for resettlement in the State or for permanent return issued by or under the authority of any law made by the State Legislature shall on such return be a permanent resident of the State.

(3) In this section, the expression 'State Subject of Class I or of Class II' shall have the same meaning as in State Notification No. 1-L/84 dated the twentieth April, 1927, read with State Notification No. 13/L dated the twenty seventh June, 1932.

□

परिशिष्ट-5

...ताकि कुछ अनकहा न रह जाए

मैं न तो जम्मू-कश्मीर का इतिहास लिख रही हूँ और न ही कोई राजनीतिक दस्तावेज़। आठ कहानियाँ लिखी हैं मैंने। हर कहानी के पात्र राज्य के इतिहास और राजनीति के ताने-बाने में ऐसे उलझते चले गए कि मुझे वही सहज प्रवाह लगने लगा। जम्मू-कश्मीर के विषय में जो कुछ मैं कहना चाह रही थी, वह मेरे पात्रों ने कह दिया है, परंतु जम्मू-कश्मीर हमारे देश का वह राज्य है, जिसे लेकर इतने रहस्य, इतने भ्रम, इतना अज्ञान देश-विदेश में फैला हुआ है कि मुझे इस परिशिष्ट की ज़रूरत महसूस होने लगी, ताकि कुछ अनकहा न रह जाए।

अपना वर्तमान समझने के लिए इतिहास के कुछ पन्ने पलटना ज़रूरी हो जाता है। आज जम्मू-कश्मीर को लेकर यही स्थिति बन गई है। वर्तमान में जो कुछ इस राज्य में हो रहा है, उसकी जड़ों तक पहुँचने के लिए हमें गुज़रे हुए कल को जानना और समझना होगा। यह सच है कि जम्मू-कश्मीर देश का वह राज्य है, जो 1947 के बाद से आज तक निरंतर चर्चा में बना हुआ है, किंतु दुर्भाग्यपूर्ण तथ्य यह है कि जम्मू-कश्मीर को अकसर हिंदू-मुसलमान, हिंदुस्तान-पाकिस्तान, कांग्रेस-भाजपा और संघ की दृष्टि से देखा गया। किसी पूर्वाग्रह से ग्रस्त होकर जब हम किसी विषय को देखते हैं तो मूल विषय कहीं आँखों से ओझल हो जाता है। जम्मू-कश्मीर के विषय में भी यही हुआ है। हमारे देश का जनसामान्य तथा राजनीति के विद्वान् बड़ी-बड़ी चर्चाओं के चलते जम्मू-कश्मीर के असली पीड़ितों को बिल्कुल भूल ही गए। इन पीड़ितों की पीड़ा में इतिहास के घटनाक्रम का, तत्कालीन नेताओं का और वैश्विक राजनीति

का अपना असर रहा है। इन सभी विषयों की चर्चा करते हुए पीड़ितों के दर्द को समझने के लिए पूरे घटनाक्रम को नए सिरे से समझना ज़रुरी है।

जम्मू-कश्मीर का भारत के साथ अधिमिलन

जब भारत परतंत्र था, तब प्रशानिक रूप से दो हिस्सों में बँटा था। एक हिस्सा, जो सीधे ब्रिटिश सरकार के नियंत्रण में था, इस क्षेत्र को 'ब्रिटिश भारत' कहा जाता था और दूसरा वह, जिसमें राजा, महाराजा और नवाबों की रियासतें थीं, जिन पर ब्रिटिश सरकार का अपरोक्ष शासन था, भारत के इस हिस्से को 'देसी रियासतें' कहा जाता था। 1947 में जब देश स्वतंत्र हुआ, तब धर्म के आधार पर विभाजन भारत के उस हिस्से का हुआ, जिसका प्रशासन सीधे ब्रिटिश सरकार के अधीन था, मुख्यत: पंजाब, बंगाल और असम के कुछ हिस्से। रियासतों को 'इंडियन इंडिपेंडेंस ऐक्ट 1947' या 'भारतीय स्वतंत्रता अधिनियम 1947' के अनुसार भारत या पाकिस्तान के साथ अधिमिलन का अधिकार था, बशर्ते उनमें भौगोलिक समीपता या संलग्नता हो। रियासतों के शासक यह निर्णय स्वतंत्र रूप से ले सकते थे, इसमें रियासत की जनता के धर्म और मत की कोई भूमिका नहीं थी, साथ ही शासकों को अधिमिलन के लिए कोई समय-सीमा नहीं दी गई थी।

अन्य रियासतों की तरह जम्मू-कश्मीर के शासक महाराजा हरि सिंह ने भी निर्णय लिया और 26 अक्तूबर, 1947 को अपनी रियासत का अधिमिलन भारत के साथ कर दिया। इस अधिमिलन को स्वीकार करते हुए तत्कालीन गवर्नर जनरल लॉर्ड माउंटबेटन ने लिखा "...मैं एतद्द्वारा विलय के इस प्रपत्र को अक्तूबर के सत्ताईसवें दिन सन् उन्नीस सौ सैंतालीस को स्वीकार करता हूँ।" कश्मीर घाटी के कुछ नेता अकसर कहते हैं कि जम्मू-कश्मीर का भारत के साथ अधिमिलन सशर्त हुआ था, सच्चाई यह है कि भारतीय स्वाधीनता अधिनियम 1947 में सशर्त विलय के लिए कोई प्रावधान ही नहीं था। कुछ यह भी कहते हैं कि अधिमिलन हुआ, परंतु विलय नहीं हुआ, इसलिए जम्मू-कश्मीर भारत का पूरी तरह से हिस्सा नहीं बना। यह कोरा झूठ है। अधिमिलन यानी एक्सेशन सभी छोटी-बड़ी रियासतों का होना तय हुआ, जिनकी संख्या 565 के आसपास थी। परंतु कुछ रियासतें बहुत छोटी थीं, इसलिए यह तय किया गया कि 565

अधिमिलन-पत्र हस्ताक्षरित करने के बजाय, छोटी-छोटी रियासतों का मर्जर यानी विलय कर, बड़ी कुछ रियासतें बनाई जाएँ, जिनका अधिमिलन भारत के साथ हो। जम्मू-कश्मीर देश की सबसे बड़ी रियासतों में था, जिसका क्षेत्रफल लगभग दो लाख, बाईस हजार वर्ग किलोमीटर था, इसलिए इसके विलय (मर्जर) का प्रश्न ही नहीं उठता था। बड़ी रियासतों का केवल अधिमिलन होना था और जम्मू-कश्मीर का अधिमिलन 26 अक्तूबर, 1947 को भारत के साथ हो गया था। जैसे अधिमिलन-पत्र पर महाराजा हरि सिंह ने हस्ताक्षर किए, ठीक वैसे ही अधिमिलन-पत्र पर बाकी की रियासतों के शासकों ने भी हस्ताक्षर कर भारत के साथ अधिमिलन किया था, यानी जम्मू-कश्मीर का अधिमिलन-पत्र दूसरी रियासतों से अलग नहीं था।

25 नवंबर, 1949 को देश की अन्य रियासतों की भाँति जम्मू-कश्मीर के रीजेंट डॉ. कर्ण सिंह ने जम्मू-कश्मीर में भारत के संविधान के लागू करने की घोषणा की। यहाँ एक महत्त्वपूर्ण तथ्य जानना आवश्यक है कि भारत का संविधान बनाने के लिए जिस संविधान सभा का गठन हुआ था, उसमें भारत के साथ अधिमिलन कर चुकी रियासतों के प्रतिनिधि भी शामिल थे। जम्मू-कश्मीर से भी चार प्रतिनिधि भारत की संविधान सभा का हिस्सा थे, जिनमें से एक शेख़ अब्दुल्ला ख़ुद थे। ज़रा सोचिए कि अगर जम्मू-कश्मीर भारत का हिस्सा नहीं था, तो जम्मू-कश्मीर के ये चार प्रतिनिधि भारत की संविधान सभा में क्या कर रहे थे?

जम्मू-कश्मीर के संविधान को लेकर कुछ भ्रांतियाँ

बहुत से लोग यह भी कहते हैं कि चूँकि जम्मू-कश्मीर का अपना अलग संविधान था, इसलिए यह एक 'विशेष राज्य था, इसे विशेष दर्ज़ा मिला था, यह बाकी राज्यों की तुलना में अधिक स्वायत्त था' आदि। इस भ्रांति को दूर करने के लिए यह बताना आवश्यक है कि रियासतों में लोकतंत्र की व्यवस्था मज़बूत हो, इसलिए यह निर्णय लिया गया कि अधिमिलन के बाद यदि चाहें तो राज्य संविधान सभा चुनकर अपने संविधान बनाएँगे। मैसूर, त्रावणकोर-कोचीन और सौराष्ट्र ने यह प्रक्रिया पूरी कर ली। अधिमिलन के बाद जम्मू-कश्मीर में भी राज्य का संविधान बनाने की प्रक्रिया शुरू होनी थी। कुछ समय के बाद वेलोदी

कमेटी बनी, जिसने ऊपर बताए तीनों राज्यों के संविधान को भारत के संविधान में मिला दिया और भारत का संविधान वहाँ लागू हो गया। यानी जम्मू-कश्मीर अकेला राज्य नहीं था, जिसका संविधान बना हो। इस बीच 1 जनवरी, 1948 को पाकिस्तान द्वारा किए गए आक्रमण और अवैध क़ब्ज़े का मुद्दा भारत ने संयुक्त राष्ट्र में उठाया। हालाँकि भारत पाकिस्तान के आक्रांता होने का मुद्दा लेकर संयुक्त राष्ट्र में गया था, लेकिन वहाँ पाकिस्तान और ब्रिटेन ने मिलकर अग्रेशन के मुद्दे को एक्सेशन/अधिमिलन का मुद्दा बनाकर एक नया विवाद शुरू कर दिया। लंबी बहस-जिरह के बाद संयुक्त राष्ट्र की कमेटी भारत आई, और उन पदाधिकारियों ने जम्मू- कश्मीर का दौरा किया। संयुक्त राष्ट्र में प्रस्ताव पारित हुए, सभी प्रस्ताव भारत के पक्ष में थे, जिनमें पाकिस्तान को आक्रांता घोषित किया गया और उसे जम्मू-कश्मीर से अपनी सेना हटाकर वहाँ का कब्जाया हुआ हिस्सा छोड़ने के लिए कहा गया। साथ ही पाकिस्तान द्वारा घोषित आज़ाद जम्मू-कश्मीर को कोई स्वीकृति नहीं दी गई। पाकिस्तान जब सेना हटा लेगा, तब शांति बहाल होने पर जनमत संग्रह की बात की गई, हालाँकि यह सुझाव भारत पर बंधनकारक नहीं था। (चूँकि आज सत्तर साल बीत जाने के बाद भी पाकिस्तान ने कभी अपनी सेना अधिक्रांत हिस्सों से नहीं हटाई और आज़ाद जम्मू-कश्मीर सरकार को भी खत्म नहीं किया, इसलिए भारत पर कोई नैतिक और कानूनी दबाव नहीं था कि वह जम्मू-कश्मीर में जनमत संग्रह करवाए)

संविधान में अनुच्छेद 370 क्यों जोड़ा गया

सबसे पहले एक भ्रांति दूर करना ज़रूरी है, वह यह कि कई लोग, विशेषकर अलगाववादी विचारधारा वाले लोग, कहते हैं कि महाराजा हरि सिंह ने जम्मू-कश्मीर राज्य का अधिमिलन अनुच्छेद 370 की शर्त के साथ भारत में किया था। यह तथ्य बिल्कुल निराधार है, क्योंकि जम्मू-कश्मीर का अधिमिलन भारत में 26 अक्तूबर, 1947 को हुआ, जबकि अनुच्छेद 370 पर संविधान सभा में चर्चा ही 17 अक्तूबर, 1949 को हुई, इस समय तक तो शेख़ अब्दुल्ला ने महाराजा को जम्मू-कश्मीर से बाहर निकलवा दिया था और इसके बाद वे फिर कभी अपने राज्य में नहीं जा सके थे।

ख़ैर, 1948 में युद्ध की स्थिति में इस नए राज्य में संविधान सभा बनाने के लिए चुनाव करवाना संभव नहीं था, इसलिए अनुच्छेद 370 एक 'टेंपररी' या 'अस्थायी' अनुच्छेद को भारत के संविधान में जोड़ा गया।

इस 'अस्थायी' अनुच्छेद के अनुसार भारत के राष्ट्रपति संविधान की धाराएँ आवश्यकतानुसार जम्मू-कश्मीर में, वहाँ की सरकार की सहमति द्वारा लागू कर सकते थे। इस प्रावधान का अभिप्राय था जम्मू-कश्मीर में शांति बहाल होने तक और राज्य में संविधान सभा बनने तक, भारत के संविधान को अनुच्छेद 370 के माध्यम से वहाँ लागू करना। यही कारण था कि इसे 'अस्थायी' प्रावधान बनाया गया और संविधान के अंतर्गत ही ऐसी व्यवस्था कर दी गई, जो राज्य में संघीय संविधान पूर्णतः लागू होने पर समाप्त हो जाएगी। अनुच्छेद 370 के अनुसार जब राज्य की संविधान सभा अपना काम कर लेगी, तब राष्ट्रपति को 370 निरस्त करने की सिफारिश करेगी और राष्ट्रपति 370 को समाप्त कर देंगे।

जम्मू-कश्मीर के रीजेंट/राज प्रतिनिधि डॉ. कर्ण सिंह ने 25 नवंबर, 1949 को उद्घोषणा द्वारा भारत का संविधान राज्य में लागू होना स्वीकार किया। 1950 में देश गणतंत्र घोषित हुआ और भारत का संविधान पूरे देश में लागू किया गया। चूँकि जम्मू-कश्मीर में स्थिति अभी सामान्य नहीं हुई थी, पाकिस्तान का अभी भी जम्मू-कश्मीर पर अवैध क़ब्ज़ा था, इसलिए यह तय किया गया कि संविधान का अनुच्छेद 1, जो जम्मू- कश्मीर को देश की सीमा में स्थित राज्य बताता है, और अनुच्छेद 370 जम्मू-कश्मीर में लागू कर दिए जाएँगे। परंतु जब पाकिस्तान की सेना जम्मू-कश्मीर के ज़बरदस्ती क़ब्ज़े में लिये हुए इलाक़ों से नहीं हटी तो भारत सरकार ने और अधिक न रुकते हुए जम्मू-कश्मीर संविधान सभा के चुनाव करवाए और अंततः 1951 में वहाँ संविधान सभा बनी। इसी संविधान सभा ने 6 फरवरी, 1954 को जम्मू-कश्मीर राज्य के भारत में विलय की अभिपुष्टि की।

14 मई, 1954 को भारत के महामहिम राष्ट्रपति ने भारतीय संविधान के अस्थायी अनुच्छेद 370 के अंतर्गत संविधान आदेश (जम्मू व कश्मीर पर लागू) जारी किया, जिसमें राष्ट्र के संविधान को कुछ अपवादों और सुधारों के साथ जम्मू व कश्मीर राज्य पर लागू किया गया।

अनुच्छेद 370 के अनुसार जम्मू-कश्मीर संविधान सभा को अपना काम पूरा करने के बाद राष्ट्रपति को प्रस्ताव भेजकर अनुच्छेद 370 को समाप्त करना था। परंतु जम्मू-कश्मीर की संविधान सभा ने राष्ट्रपति को अनुच्छेद 370 हटाने का प्रस्ताव दिए बिना ही अपनी संविधान सभा को भंग कर दिया।

यहाँ ध्यान देने योग्य बात यह है कि—

(1) विलय-पत्र में अनुच्छेद-1 के अनुसार, जम्मू-कश्मीर भारत का स्थायी भाग है।

(2) राज्य का अपना संविधान 26 जनवरी, 1957 को लागू किया गया, जिसके अनुसार—धारा-3 : जम्मू-कश्मीर राज्य भारत का अभिन्न अंग है और रहेगा।

(3) धारा-4 : जम्मू-कश्मीर राज्य का अर्थ वह भू-भाग है, जो 15 अगस्त, 1947 तक राज्य के राजा के आधिपत्य या संप्रभुता के अधीन था।

(4) इसी संविधान की धारा-147 में यह स्पष्ट रूप से कहा गया है कि धारा-3 व धारा-4 को कभी बदला नहीं जा सकता। साथ ही,

(5) भारतीय संविधान के अनुच्छेद-1 के अनुसार जम्मू-कश्मीर राज्य भारत का अभिन्न अंग है।

(6) भारत संघ कहने के पश्चात् दी गई राज्यों की सूची में जम्मू-कश्मीर क्रमांक-15 का राज्य है।

इससे स्पष्ट हो जाता है कि जम्मू-कश्मीर भारत का अभिन्न अंग है, और जो भी इसके विरुद्ध बातें करता है, वह या तो इन सच्चाइयों से अनभिज्ञ है या वह सच जानते हुए भी झूठ बोल रहा है।

बहुत से लोगों ने यह भी कहा कि 370 और 35ए यदि हट गए तो जम्मू-कश्मीर का भारत से संबंध हमेशा के लिए टूट जाएगा। यह भी एक दुष्प्रचार है, जिससे लोगों के मन में शंका और भ्रम पैदा हो। वैसे तो सांस्कृतिक रूप से भारत ही जम्मू-कश्मीर है और जम्मू-कश्मीर ही भारत है। जम्मू-कश्मीर सदियों से भारत का अंग रहा है और 1947 से एक बार फिर औपचारिक रूप से भारत संघ में शामिल हो गया, जब महाराजा हरि सिंह ने भारत के पक्ष में अधिमिलन-पत्र

पर हस्ताक्षर कर दिए थे। 1947 के बाद संवैधानिक प्रक्रिया के चलते एक नई व्यवस्था बन रही थी और जम्मू-कश्मीर के महाराजा ने भी इस व्यवस्था का हिस्सा बनना मंजूर किया। जो अधिमिलन-पत्र पर हस्ताक्षर कर देने से संभव हुआ और यह अधिमिलन-पत्र जम्मू-कश्मीर को भारत से जोड़ता है।

अनुच्छेद 35ए का भारत के संविधान में असंवैधानिक तरीके से जोड़ा जाना

14 मई, 1954 को भारत के महामहिम राष्ट्रपति ने भारतीय संविधान के अस्थायी अनुच्छेद 370 के अंतर्गत संविधान आदेश (जम्मू व कश्मीर पर लागू) जारी किया, जिसमें राष्ट्र के संविधान को कुछ अपवादों और सुधारों के साथ जम्मू-कश्मीर राज्य पर लागू किया गया और राष्ट्रपति के इसी आदेश से, अनुच्छेद 35ए संविधान में जोड़ दिया गया। हैरानी की बात यह है कि संविधान में संशोधन करने का, यानी कुछ भी जोड़ने या हटाने का अधिकार केवल संसद् अर्थात् पार्लियामेंट को है, लेकिन 35ए को न तो संसद् में भेजा गया और न ही संसद् में इस अनुच्छेद पर कोई चर्चा हुई, इसे संसद् की मंजूरी मिलना तो दूर की बात है। न सिर्फ़ राष्ट्रपति के आदेश से 35ए जोड़ा गया, वरन् संविधान में अनुच्छेद 35 के बाद रखने के बजाय अंत में परिशिष्ट में डाल दिया गया। फलस्वरूप, संविधान के बड़े-से-बड़े जानकार और विद्वान् भी इस अनुच्छेद के बारे में नहीं जानते। 35ए में जम्मू-कश्मीर के स्थायी निवासी परिभाषित कर, परमानेंट रेज़िडेंट सर्टिफिकेट-पी.आर.सी. दिए जाने का प्रावधान है। इसके अनुसार पी.आर.सी. धारक राज्य में सभी अधिकार और सरकार द्वारा दी गई सभी सुविधाओं के हक़दार होंगे। जबकि ग़ैर पी.आर.सी. धारक दोयम दर्ज़े के नागरिकों की तरह जीने को मजबूर हैं।

स्थानीय निवासी प्रमाण-पत्र या पी.आर.सी. का नियम लानेवाले कश्मीर के नेताओं की साज़िश इस बात से समझी जा सकती है कि 1954 में उन्होंने यह शर्त रखी कि केवल उन्हीं लोगों को जम्मू-कश्मीर का PRC मिलेगा, जिनके पास 1944 और उसके पहले से राज्य में अचल संपत्ति का मालिकाना हक़ है। 1947 में विभाजन के बाद बहुत से लोग पाकिस्तान चले गए और कई जम्मू-

कश्मीर में आकर बसे। यह जानते हुए कि 1947 में जब पाकिस्तान ने आक्रमण किया तो पाक अधिक्रांत जम्मू-कश्मीर या POJK से हज़ारों लोग बिना किसी सामान या दस्तावेज़ों के अपनी जान बचाकर भागे थे, जान-बूझकर 1944 की सीमा तय कर दी गई और सभी से अपनी अचल संपत्ति का प्रमाण या 1951 की चुनाव की लिस्ट में नाम दर्ज़ होने की शर्त रख दी गई।

बड़ी आसानी से घाटी के नेता पी.आर.सी. को महाराजा हरि सिंह के स्टेट सब्जेक्ट के प्रावधान को जारी रखने का दावा करते थे। यह सही है कि महाराजा हरि सिंह ने 1927 में स्टेट सब्जेक्ट का कानून बनाया था, जिसके अनुसार जम्मू-कश्मीर राज्य के निवासी 4 प्रकार के थे और जिन निवासियों के पास स्टेट सब्जेक्ट प्रमाण-पत्र था, केवल वही राज्य में अचल संपत्ति खरीद सकते थे या अन्य सरकारी सुविधाओं का लाभ उठा सकते थे। परंतु महाराजा ने नए लोगों के जम्मू-कश्मीर में आकर बसने पर कोई पाबंदी नहीं लगाई थी, यानी स्टेट सब्जेक्ट का कानून लागू होने के बाद भी नए लोग आवश्यक शर्तों को पूरा कर जम्मू-कश्मीर में बस सकते थे। लेकिन अनुच्छेद 35ए के रास्ते से इन नेताओं ने किसी भी व्यक्ति के 1944 के बाद से राज्य में बसने पर पूरी तरह से प्रतिबंध लगा दिया।

1987 में बचनलाल कलगोत्रा बनाम जम्मू-कश्मीर केस {BACHAN LAL KALGOTRA V. STATE OF JAMMU & KASHMIR & ORS [1987] RD-SC 57, 20 February 1987} में सुप्रीम कोर्ट ने यह स्पष्ट रूप से माना था कि वेस्ट पाकिस्तानी रिफ्यूजियों की समस्या वास्तविक है और गंभीर है। इनकी माँगें जायज़ हैं। केंद्र और राज्य सरकार की यह ज़िम्मेदारी है कि इनके सांस्कृतिक, शैक्षणिक, आर्थिक अधिकारों की रक्षा करें। नागरिकों को मिलनेवाले अधिकारों से इन्हें वंचित नहीं रहने दिया जा सकता। साथ ही कोर्ट ने राज्य सरकार से कहा कि संविधान को संशोधित किए बिना भी सरकारी आदेश से वेस्ट पाकिस्तानी रिफ्यूजियों को ज़मीन का मालिकाना हक़, शिक्षा, नौकरी, मतदान और संपत्ति का अधिकार दिया जा सकता है और इस दिशा में सरकार उचित कदम उठाए। परंतु जम्मू-कश्मीर के राजनेताओं का अहंकार सुप्रीम कोर्ट के आदेश से बड़ा था। तब से लेकर आज तक सरकार ने इस दिशा में कोई

कदम नहीं उठाया, न तो कोई सरकारी/प्रशासनिक आदेश जारी किया और न ही कोई कानून बदला। सुप्रीम कोर्ट ने माना कि यह उनके अधिकारों का हनन है, अत्याचार है और सरकार को उन्हें न्याय देना चाहिए, पर जम्मू-कश्मीर की सरकार को ऐसा नहीं लगा, क्योंकि ऐसा करने से उनके झूठे 'विशेष दर्ज़े' पर आँच आ जाती।

अनुच्छेद 35ए को लेकर आमतौर पर चर्चा इस बारे में होती है कि यह देश के अन्य राज्यों के लोगों के खिलाफ है, वहाँ रहनेवाले वेस्ट पाकिस्तानी रिफ्यूजी, वाल्मीकि समाज, गोरखा समुदाय के अधिकार छीनता है। पर सच्चाई तो यह है कि 35ए जम्मू-कश्मीर में रहनेवाले लोगों का ही नुकसान कर रहा है, वहाँ के लोगों के लिए ही घातक है। यानी चाहे पी.आर.सी. हो या पी.आर.सी. न हो, सभी के मानवाधिकारों का यह हनन करता है। जम्मू-कश्मीर की महिलाएँ तो बाहर से नहीं आईं, पर यह तो उनके भी अधिकार छीन लेता है। गोरखा समुदाय जो सदियों से जम्मू-कश्मीर में रह रहा है, वह भी 35ए के कारण अपने मूलभूत अधिकारों से वंचित रहा है।

जम्मू-कश्मीर के लोगों को मानवाधिकार सशक्तिकरण से दूर करना कहाँ का न्याय है? उदहारण के लिए जम्मू-कश्मीर के लोगों को सूचना का अधिकार नहीं है, बच्चों को शिक्षा के अधिकार से वंचित रखा गया है, क्योंकि वहाँ आर.टी. आई. लागू नहीं होता, बच्चों को लैंगिक शोषण से बचाने वाला पोक्सो नहीं है, भ्रष्टाचार विरोधी कानून नहीं है।

राज्य के कुछ और समुदाय भी इसके शिकार हैं, जैसे—

1947 से पहले के जम्मू-कश्मीर के कई स्टेट-सब्जेक्ट परिवार भी अनुच्छेद 35ए के शिकार बने। 1947 में पाकिस्तान अधिक्रांत जम्मू-कश्मीर के इलाक़ों से विस्थापित कुछ परिवार भारत के अन्य राज्यों में रहने लगे, परंतु जम्मू-कश्मीर की सरकार ने राज्य से बाहर रह रहे 5300 परिवारों और उनके वंशजों को जम्मू-कश्मीर का स्थायी निवासी मानने से इनकार कर दिया था। विडंबना यह है कि दूसरी ओर इस राज्य के कानून के अनुसार 1947 में जो लोग जम्मू-कश्मीर से पाकिस्तान चले गए थे, वे आज भी आकर अपनी ज़मीन वापस ले सकते हैं।

एक और उदाहरण है राज्य के पिछड़े, दूर-दराज़ के इलाक़ों का। पूरे देश में विधानसभा का और केंद्र में लोकसभा का कार्यकाल 5 वर्ष है, परंतु जम्मू-कश्मीर में यह 6 साल है। साल 2002 में, बिना कोई कारण दिए राज्य की विधानसभा ने सीटों के परिसीमन को 2031 तक टाल दिया था, जिससे पिछड़े इलाक़ों के जम्मू-कश्मीर के स्थायी निवासियों के साथ अन्याय हो रहा था।

जम्मू-कश्मीर के लगभग 11 प्रतिशत स्थायी निवासी अनुसूचित जाति/अनुसूचित जनजाति की श्रेणी में आते हैं, परंतु उनको विधानसभा में आरक्षण प्राप्त नहीं था, क्योंकि संविधान के अनुच्छेद 334 को जम्मू-कश्मीर में लागू नहीं किया गया।

इसी प्रकार जम्मू-कश्मीर में ओ.बी.सी. जनसंख्या कितनी है, यह आँकड़ा आज तक सरकार के पास नहीं है, क्योंकि जम्मू-कश्मीर में ओ.बी.सी. की कभी गिनती ही नहीं की गई और उन्हें किसी प्रकार का आरक्षण नहीं दिया गया।

यही नहीं जम्मू-कश्मीर के अनुसूचित जाति/अनुसूचित जाति स्थायी निवासी भी अनुच्छेद 35ए की वजह से अपने अधिकारों से वंचित हो रहे थे, क्योंकि राज्य में विधानसभा ने मनमाने तरीके से अनुसूचित जाति के लिए सीटें बढ़ाने की प्रक्रिया को साल 2031 तक स्थगित कर दिया।

इसके अलावा राज्य में शिक्षा के क्षेत्र में भी स्थायी निवासियों की हानि हुई। सरकारी मेडिकल व इंजीनियरिंग कॉलेजों में अच्छे पढ़ानेवालों की और अन्य एक्सपर्ट्स की कमी थी, क्योंकि 35ए के तहत जम्मू-कश्मीर राज्य के बाहर के भारतीय नागरिकों को यहाँ सरकारी सेवा में नहीं लिया जा सकता। जिस कारण यहाँ के बच्चों की पढ़ाई का बहुत नुकसान हो रहा था और इसीलिए कई बच्चों को पढ़ने के लिए देश के दूसरे राज्यों में जाना पड़ता था।

स्वास्थ्य सेवाओं में भी आम जनता का नुकसान था, क्योंकि यहाँ बाहर से बड़े डॉक्टर और रिसर्चर या शोधकर्ता नहीं आते थे। यही नहीं, यहाँ सरकारी सुपर- स्पेशलिटी प्राइवेट हॉस्पिटल्स और मेडिकल कॉलेज में डॉक्टरों की भी बड़ी कमी है, जो अब दूर होगी।

अर्थात् जम्मू-कश्मीर के आम आदमी के लिए अनुच्छेद 35ए एक श्राप के सामान था, क्योंकि इस प्रावधान के चलते राज्य में आर्थिक विकास में

रुकावट बनी रही। देश के बड़े उद्योगपति और व्यापारी यहाँ किसी प्रकार का उद्योग-धंधा या फैक्टरी लगाने और व्यापार करने के लिए नहीं आते थे। एक ओर पूरा देश आगे बढ़ता रहा, मल्टी नेशनल कंपनियाँ अपने ऑफ़िस खोल रही थीं, पर जम्मू-कश्मीर में न तो कोई मल्टी नेशनल कंपनी ऑफ़िस आई और न ही पढ़े-लिखे युवाओं को नौकरी के अवसर मिले। नतीजतन अधिकांश युवा सरकारी नौकरियों के भरोसे रहते। इस सबका सीधा असर जम्मू-कश्मीर के सर्वांगीण विकास पर पड़ा और यहाँ स्वतंत्रता के इकहत्तर साल बाद भी विकास न के बराबर हुआ। बजाय इस सच्चाई को समझकर बदलाव लाने के, यहाँ के राजनेताओं ने 35ए का इस्तेमाल जम्मू-कश्मीर को देश से अलग करने में किया। इकहत्तर साल में राज्य के लोगों की बहुत हानि हुई है, जिसकी भरपाई करने में अभी बहुत समय लगेगा।

इसलिए अनुच्छेद 370 का संशोधन और 35ए का हटना जम्मू-कश्मीर के लिए, वहाँ रहनेवाले पी.आर.सी. धारक और गैर पी.आर.सी. धारकों के लिए एक नई आशा की किरण है, एक नई शुरुआत है।

जम्मू-कश्मीर के बारे में मैंने जो कुछ पढ़ा, जाना, समझा, देखा, सभी कुछ आपके साथ साझा किया है, ताकि 5 अगस्त, 2019 से पहले, पिछले इकहत्तर सालों से चले आ रहे झूठ को आप भी समझ सकें, क्योंकि सच तो यही है।

□

परिशिष्ट-6

पश्चिम पाकिस्तानी शरणार्थी

वाल्मीकि समाज

ROYAL
LIGHT &

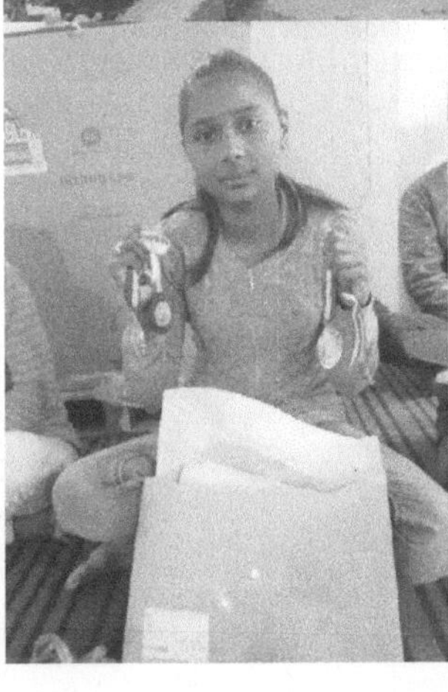

गोरखा समुदाय

Gorkh Nagar Eastablished By:-
Late Sub. Sh. BHAGAT BAHADUR
1900-1982

* 9 7 8 9 3 5 3 2 2 8 3 9 2 *

FCW - #0175 - 061026 - C0 - 216/140/8 - PB - 9789353228392 - Matt Lamination